双葉文庫

藍染袴お匙帖

藁一本

藤原緋沙子

目次

藁《わら》一本

藍染袴お匙帖

第一話　藁《わら》一本

一

「今にも死にそうなんです。失神するほどの痛みに襲われているようで見ていられません。どうか、どうか往診をお願いいたします」

　小正月も過ぎたある日の午後、診察を終えて一服しているところに、見知らぬ初老の女が桂千鶴《かつらちづる》の治療院に駆け込んで来た。

　応対に出た弟子のお道《みち》は、

「すみません、他を当たって下さいな。先生の本日の往診の予定は手一杯で、お受けすることは出来ません」

　やんわりと断って奥に引き返そうとしたのだが、そのお道の着物の裾《すそ》を初老の女はがっと摑《つか》んで、

「突然お訪ねして申し訳ございません。どれほど無理をお願いしているか分かっております。ですが、どうしても、どうしても桂千鶴先生に診《み》ていただきたい、千鶴先生に診ていただいて死ぬるのなら諦《あきら》めもつく、主《あるじ》はそのように言いまして苦しんでいるのです。後生《ごしょう》ですから、どうぞどうぞ……」

初老の女は、目を血走らせて訴える。

「困りましたね」

お道がため息をついたその時、奥から千鶴が出てきて、

「お道《み》っちゃん、今日予定の往診は何処《どこ》だったかしら？」

ちらと初老の女に視線を走らせて言った。

「はい、本所《ほんじょ》のお旗本の加藤《かとう》様の奥様、両国《りょうごく》の亀屋《かめや》のご隠居《いんきょ》様、そして富沢町《とみざわちょう》の長屋の大家さん」

「そうか……」

千鶴はほんの少し思案の後、お道に確かめる。

「三人とも、皆さん経過観察と投薬でしたね」

「はい」

お道は頷《うなず》いた。

「分かった。それじゃあこうしましょう。今日予定の三人は、お道っちゃんにお願いします」

「えっ、先生……」

驚いて聞き返すお道に、

「大丈夫、もうそれぐらいの処置はここで常からやってるでしょ。今にも死にそうだって人を目の前にして放ってはおけないもの」

千鶴は、初老の女を見た。

「ありがとうございます」

初老の女は平身低頭《へいしんていとう》、上がり框《かまち》に両手をついた。

「そうときまったら、病人の容体《ようだい》は……痛みの他にはどのような症状があるのか教えて下さい」

千鶴は予約のあった往診はお道に任せて、一見《いちげん》の患者を診るために、初老の女に問いかけた。

「申し訳ございません。私は、しかと申します。病《やまい》で苦しんでいるのは、私が女中をしています家の主で、お咲《さき》というものなんですが、最初はおしっこをする時に痛いなんて言っていたんです。それがだんだん昨日から痛みが増して、こらえられなくなったんです」

おしかは、自分の見たまま聞いたままを千鶴に伝えた。

千鶴は頷くと、奥に入って手早く支度し、往診箱をひっさげて出て来た。

「参りましょう。案内して下さい」

「ありがとうございます。せめてそのお道具をお持ちします」

おしかは、千鶴の手から道具箱を無理矢理取りあげると、胸に抱えるようにして先を急ぐ。

おしかは、なかなかの健脚《けんきゃく》だった。初老の女とは思えぬ足の速さだった。白い息を勢いよく吐きながら、

「お咲さんも私も昨夜《ゆうべ》は一睡もしていないんです……はい、食事もずっと何も口にしないものですから……」

思い出しては説明した。そしてふと振り返って、

「本当に駕籠《かご》を頼まなくてよろしいので？」

などと気遣って訊《き》いてくれるのだが、初老の女を歩かせて、若い千鶴が駕籠に乗る訳にはいかない。

「お気遣い無用です」

千鶴も白い息を吐きながら、おしかの後を追った。

両国橋を渡り、御船蔵《おふなぐら》に沿って大川《おおかわ》を下り、新大橋《しんおおはし》を過ぎてまもなく、深川元町《ふかがわもとまち》の入り口で、おしかは立ち止まった。

この町は、通りの北側は御籾蔵《おもみぐら》、南側には紀伊《きい》の下屋敷《しもやしき》があり、町全体が挟《はさ》まれたような形で成っているが、大川沿いの家の二階屋などは、晴れた日には富士山も望めるし、佇《たたず》まいも静かな町だった。

「先生、そこの家です」

おしかは大川の通りから奥に二軒目の仕舞屋《しもたや》を指した。

千鶴は頷くと、おしかの案内で家の中に入った。

すぐに奥の部屋に向かうと、おしかは襖《ふすま》の前で膝《ひざ》をつき、

「桂先生をお連れしましたよ」

そう告げて襖を開けた。

「お、おしかさん、は、早く……お願い……」

病人はうめき声を上げながら、右手をこちらに伸ばしている。

千鶴は走り寄って女主の手を握ると言った。

「横になりましょう」

痛がるお咲という女を横にしながら、

「何処が痛みますか……」

素早くお咲の帯をほどき、着物を割って肌を出す。

「！……」

千鶴は一瞬手を止めた。

痛みに耐えて波打つお咲の体には、脂汗《あぶらあせ》が濡れたような膜を作っている。

お咲の年は、おしかから二十六歳だと聞いていたが、髪を乱し、裾を蹴り出して苦しむその姿は妙に淫《みだ》らで、お咲の生き様を垣間見《かいまみ》たような感じがした。

「いいですか、順に押さえていきますから、痛いところを教えて下さい」

白い手を伸ばして、千鶴はお咲の顔を観察しながら腹を押さえていく。

ううっとか、ああっとかうめきながら、お咲はしっとりとした体をくねらせる。

千鶴の手が、お咲の脇腹《わきばら》をずんと押した時、

「いた、痛い！　そこそこ！」

お咲は叫んだ。

「じゃあ、こちらは？」

千鶴が今度は背中を押さえると、

「そこも痛いです、先生、助けて下さい」

お咲は訴える。

すると見守っていたおしかが、膝を乗り出して来て、

「先生、お咲さんは月の物でもないのに、湯文字《ゆもじ》が血で汚れていたなんて言っていたんです。命にかかわる病かもしれないって怖がって怖がって……」

側《そば》から訴える。

千鶴は頷いた。その話を聞いて確信した。

往診を頼まれた時に聞いていた病状から、およその見当をつけて薬を持参してきているのだが、どうやら間違っていなかった、そう思ってお咲に告げた。

「今のところ命に別状はありません。ただ体の中に石がたまっているようですから、これからお伝えすることを、痛みが治まるまできちんとやって下さいね」

「な、なんでもいたします。今死ぬ訳にはいかないんです。薬礼《やくれい》も弾《はず》みますからお願いします」

お咲は死病ではないと知ってほっとしたようだ。

「いいですか、この病は、おしっこが出てくる管《くだ》の所に石がたまっているので

す。その石を水で外に流し出す、そのために、水をたくさん飲んでもらわなければなりません。この季節です、冷たいのが苦手なら、お湯割りしてもよろしいですから、とにかく水分をどんどんとって、おしっこを出して下さい。そうすることで、体の中の石を外に出すことが出来、痛みも無くなりますからね」

千鶴は告げた。

「水だけ、ですか……それだけで治るんでしょうか」

お咲は、苦しげな目で訊いてくるが、半信半疑だ。

「はい、今の医術では、他に方法がないのです」

「ではこの痛みは、まだずっと、石がとれるまで続くのでしょうか」

お咲は不安の顔で訊く。

「痛みを抑えるお薬は、今お渡しします。どうしても痛くて耐えられない時には飲んで下さい」

千鶴は、用意してきた薬包紙《やくほうし》をおしかに手渡した。

「すぐにこれを飲ませて上げて下さい。そしてこちらは予備のお薬です。痛みが我慢できない時には飲ませて上げて下さい」

「では早速……」

おしかは急いでお咲に服薬させると、次には水を茶碗になみなみと汲《く》んで来て、お咲に手渡した。

お咲は、勢いよく飲むと、

「先生、あたしの痛みが治まるまで、ここにいて下さいね」

と、心細そうな声を上げた。

おしかがその背を、母親のように撫《な》でてやる。

更《さら》にもう一杯、茶碗の水を一気に飲んだお咲は、しばらく痛がっていたが、やがて、うとうとと眠ってしまった。

「助かりました。どうなるのかと、あたしも心配しておりましたが……」

おしかはお茶と干菓子《ひがし》を運んできて、千鶴の膝前に置いた。

外には夕闇《ゆうやみ》が迫ってきているのか、部屋の中には残照《ざんしょう》が差し込んでいる。

頼りなげなその光に、梅花《ばいか》を模した干菓子が、静かに花を咲かせているように見える。いずれも砂糖を型で押して作ったものだが、普通の家ではなかなかお茶請けに干菓子などは出てこない。

長屋の連中なら、お茶請けには漬け物などが定番で、よくて大福ではなかろうか。

妙に淫乱《いんらん》な雰囲気をまとっているお咲と、お茶請けに出た干菓子の上品な風合いとに、千鶴は少しちぐはぐな感じを受けていた。

千鶴は部屋を見渡した。よく見ると、襖の引き手も手の込んだ物を使っているし、襖絵も春秋の草花を配したもので、特注してどこかの絵師に描かせたものらしい。

部屋の隅《すみ》に置いてある漆塗《うるしぬ》りの衣装簞笥《いしょうだんす》も見事なら、その横にある化粧台《けしょうだい》も黒漆が艶《つや》やかに光っていて美しい。

――いったいこのお咲という女は、どういう素性《すじょう》の者なのか……。

お茶を飲み干し茶碗を置くと、

「干菓子は、お亡くなりになった旦那様がお好きだったものですからね」

おしかが言った。

「おしかさん、亡くなった旦那様とは、どのようなお方だったんですか」

千鶴は、残しておいた干菓子一つを摘《つ》まんで訊いてみた。

「はい、旦那様というのは、大伝馬町《おおでんまちょう》に太物商《ふとものしょう》のお店を出している『島村屋《しまむらや》』のご隠居さんでございますよ」

「島村屋のご隠居？」

千鶴は驚いた。大伝馬町で島村屋といえば、知らぬ者はいないだろう。

「はい。先生もご存じのお店です。ご隠居様は早くにおかみさんを亡くして独り身を通してこられたのですが、倅《せがれ》の喜四郎《きしろう》さんに跡を譲《ゆず》ると、お咲さんとここで暮らしていたんです」

「すると、お妾《めかけ》さん？」

千鶴は声を落として訊く。

「はい、さようで……」

おしかは、ちらりとお咲の寝顔に視線を走らせて頷いた。

千鶴は頷いた。お咲の趣味の良い暮らしの種が分かったのだ。

「お妾さんと言っても、けっして贅沢《ぜいたく》するような人ではありません。あたしも、ここの飯炊《めした》きとしてもう七年近く通っておりますが、お咲さんはなかなかのけちんぼでしっかり者です」

おしかはそう言って笑ってから、話を継いだ。

「お咲さんは、旦那様からいただいたお手当もむやみに使うことはありません。自分でもお金儲《かねもう》けをするんだと、人の嫌がることにも手を出してお金を稼いできたんです。それもこれも、たった一人の弟さんのためなんですけどね」

「弟さんがいらっしゃるんですか」

「はい、お医者になるんだって勉強中です。その弟さんのためにお金がたくさんいるようなんです」

「いったいどちらで勉強しているんですか」

多額の金が必要だと聞いて、千鶴は驚いている。

「今は京にいるんですよ。京の弦斎《げんさい》先生のところに留学しています」

「弦斎先生？」

千鶴は驚いた。

京の弦斎といえば、新しい医学を志す若い人たちには人気の医者だ。

もともとは漢方医《かんぽうい》だったが、途中からオランダ医学を学んだとかで、外科にも通じているという評判だ。

人の噂《うわさ》によれば、華岡青洲《はなおかせいしゅう》にいっとき教えを請《こ》うたとか聞いているが、シーボルトから直接医術を教わった千鶴には、どれほどオランダ医学に精通熟知《せいつうじゅくち》している人なのかは分からない。

ただ弦斎は、多くの門弟を引き受けているという話の一方で、金がかかりすぎて勉学を諦める弟子もあとを絶たないとの噂もある。

ともあれ、弦斎の私塾を出たとなれば、医者としては箔《はく》が付くに違いなかった。

「そう、だから先ほど痛みを訴えながらも、今は死ぬ訳にはいかない、なんて口走ったのですね」

千鶴は、微笑《ほほえ》んで言った。

「ええ、でもこのところ、文《ふみ》の返事がないと心配しておりまして……」

おしかは一瞬顔を曇らせたが、

「お咲さんは弟さんが腕を磨いて無事帰ってきてくれるのを、一日千秋《いちにちせんしゅう》の思いで待っているんです。そんな訳でございますから、病に倒れている場合じゃない、死んでなんていられない。そう言ってお医者を選ぶのもうるさくてね。このたびは、どうでも桂千鶴先生に頼んできてほしいなどと言うものですから、ご迷惑をおかけいたしました」

おしかは頭を下げた。

「いいんですよ。何かありましたら遠慮なく連絡して下さい」

千鶴はそう告げて腰を上げた。

「もし」

千鶴が声を掛けられたのは、仕舞屋を出て五間も歩かない時だった。

振り返ると薄闇《うすやみ》の中に、初老の女が立っていた。

継《つ》ぎの当たった綿入《わたい》れの袢纏《はんてん》を着た、目ばかりが異様に光っている女だった。

女は大股《おおまた》に千鶴に近づいて来ると、

「あの家の女、どこか具合が悪いんでしょ。どうも様子がおかしいと思っていたんだ。先生、あの女、何の病なんですか？」

挑戦的な目の色で訊いてきた。

千鶴は苦笑し、じっと女の顔を見てから答えた。

「突然呼び止められたあなたに、何もお話しすることはありません」

「ふん、どこか悪いに決まってる。罰《ばち》が当たったんだよ、貧乏人につけこんで、ぼろもうけをしてきたんだからね」

女は仕舞屋をちらと見て、吐き捨てるように言った。

「……」

千鶴はため息をついた。そして踵《きびす》を返した。

だが、女は千鶴の行く手に回り込んで言う。

「あの女はね、あたしが借りていた金を返さないと言って、手下の勝治《かつじ》って男を連れて長屋に乗り込んできたんだよ。利子だけでも返せってね……だけどもあたしの孫が病気でさ、金は今は返せない、医者にも診せてやりたいからって頭を土間《どま》にすりつけて頼んだのに、それなら布団《ふとん》を貰《もら》って行くって、そう言って病に臥《ふ》せる孫の布団を勝治に剝《は》ぎ取らせようとしたんだよ」

「まさか……」

千鶴は驚いていた。思いがけない話だった。千鶴の顔色が変わったのを見て、女は今度は縋《すが》るように訴える。

「熱を出している孫の布団をさ……どんなに頼んでも、あの女は聞く耳をもってくれなかったんだ。仕方ないから有り金全部渡してさ、布団を持ってくのだけは勘弁《かんべん》してもらったんだけど、一文無しになってしまって……」

女の声は涙声になっている。

「いつのことなの？」

千鶴はつい訊いてしまった。訊けば深く関わりになることは承知《しょうち》だが、聞かずにはいられなかった。

「三日前のことだよ……」

女はやっと話に耳を傾けてくれることにほっとしたのか、少し落ち着いた顔で話を続ける。

「有り金全てを失ったもんだから、孫を医者に診せてやることもできない、薬も買えない……孫の病状は酷《ひど》くなるばかりなんだ……こうしてはいられない、それであたしは思ったんだ。悔しいけど、もう一度あの女に頭を下げて、地べたに頭を擦《こす》りつけて、薬を買う金を貸してもらおうって……そう思ってここまでやってきたんだけど、やっぱり貸してくれる筈《はず》がない、追い返されるにきまっている。あの女の冷たさに気がついて引き返そうとしたんだよ。するとそこに先生があの家から出て来たもんだから、あれって思ったのさ……」

「住まいは何処？」

千鶴は強い口調で訊いた。

「先生……」

ぽかんとした顔の女に、

「お孫さんを診てあげます」

千鶴は言った。

「えっ、孫を、孫を診て下さるんですか？」

女は驚いて、

「ありがたい……申し訳ない……」

すっかり暗くなった横町の道に膝をついて頭を下げた。

「何をしているんです。早く！」

千鶴が叱《しか》ると、女はぴょんと立ち上がって、

「近くなんです。こちらです」

先に立って歩きながら、初老の女は名をおいねと言い、孫の名はおちかで十歳になったばかりだと教えてくれた。

「おちかは、あたしのたった一人の孫娘なんです。娘が残してくれたあたしの宝なんです」

おいねは告げる。

「娘さんが残してくれたって……」

横に並んで歩くおいねの横顔に問うと、

「産後の肥立《ひだ》ちが悪くて亡くなりました。孫はあたしが一人で育てています」

「そうだったの……」

千鶴は頷いた。

かけがえのない孫を命がけで育てているのだと千鶴は思った。詳しい事情は分からないが、それだけ聞いても、先ほど敵に挑《いど》むような目をして訴えた気持ちも、理解できない訳ではない。

「先生……」

今度はおいねが、ちらと千鶴の顔を見て言った。

「娘は永代寺《えいたいじ》の門前町で住み込みの仲居《なかい》をしておりましたが、家に帰って来た時には、もう堕《お》ろせないほどにお腹が大きくなっていましてね……ところが相手の名は、いくら訊いても明かしてくれませんでした……」

おいねがしつこく聞き出そうとすると、

「おっかさん、おっかさんだって、父《てて》なし子の私を産んだでしょ」

そう言い返して激高《げっこう》したのだ。

「……！」

千鶴は驚いて、おいねの横顔を見た。

「お恥ずかしい話ですが、あたしも若い頃に、奉公《ほうこう》していた店の番頭と深い仲になって娘を授かったものですから……」

おいねは恥ずかしそうに言う。

ただ、娘に父親の話はしてこなかったが、悪い人ではなかったのだとおいねは言った。きっと一緒になろうと約束していたものの、番頭は故郷の親が病に倒れたと聞き、暇《ひま》をもらって帰って行った。だが、まもなく親の流行病《はやりやまい》が感染して亡くなったと知らされたのだ。

おいねが娘を一人で育ててきたのは、そういう事情があったのだ。

だから自分の娘が同じように苦労をするのかと思うと、相手の名や素性を聞かずにはいられなかったのだ。

しかし激高する娘を見て、娘が子供を産み、身二つになって落ち着くまで待ってみようと考えたのだ。

ところが娘は産後の肥立ちが悪く、おちかを産み落とすや亡くなってしまったのだ。

「孫のおちかは、母の顔も知らない子供なんです。あたしのたったひとりの娘の子供なんです。あの子を死なすようなことがあったら、あたしはあの世に行った時に、娘に会わせる顔がありません」

おいねは息もつかずに千鶴にしゃべりながら、一刻を争うようにぐんぐんと歩いて、お咲が住んでいる深川元町から更に南の、万年橋《まんねんばし》を渡った先の海辺大工《うみべだいく》町《ちょう》に入り、うらぶれた長屋に案内した。

「こちらです」

おいねは腰高障子《こしだかしょうじ》を開け、千鶴を中に入れた。

「！……」

土間に入ると、すり切れた畳《たたみ》の部屋で、荒い息を吐きながら臥せっている女の子が目に入った。

「上がりますよ」

千鶴は急いで部屋に上がると、おちかの額《ひたい》に手を当てて熱を測《はか》り、それからまだかわいらしい手を取った。

「おちかちゃん、苦しいのね……」

千鶴が声を掛けると、おちかはうっすらと目を開けて、弱々しい瞬《またた》きしてみせた。

「もう大丈夫ですよ。治しましょうね」

千鶴が優しく声を掛けると、おちかはかすかな笑みを浮かべて、

「ありがとう」

小さな声で言った。

その顔は瞬く間に安堵《あんど》で覆《おお》われて、おちかの目から熱っぽい涙が一筋流れ出てきた。

――可哀想《かわいそう》に……。

母も父もいない女の子が懸命《けんめい》に頑張っている姿に、千鶴は思わず胸を熱くした。

同時に、千鶴は全力でこの子を治して上げたい、そう思った。

こういう切羽詰《せっぱつ》まった場面に遭遇《そうぐう》すると、自分はこういう人たちのために医者になったのだと改めて志《こころざし》を確かめる。

千鶴は、おちかの脈を診、額や脇の熱を確認し、舌の色、目の色、そして胸をはだけて耳を付けて肺の音を聞き、はだけた胸元を元にもどしてから、おいねに言った。

「危ないところでしたね。幸い熱を冷ますお薬を二服持参しています。これをすぐに飲ませて様子を見て下さい。後のお薬は治療院の者に持たせます。部屋を暖かくして、汗をかいたら、どんどん下着を替えてあげて下さい」

「先生……」

すぐに困った顔でおいねが言った。

「替えの下着は一枚しかございません……でもそれも今洗って干していて」

「分かりました。古い下着ですが、それも治療院にある物を持たせましょう。それは患者さんのために置いてある物ですから返却はしなくていいですからね」

千鶴はてきぱきと言う。

「先生は命の恩人です。孫が元気になったら、あたしも懸命に働いて、きっと薬礼はお渡しします。それまでどうぞ待っていただきたいのです」

おいねは頭を下げた。

「いいのですよ、おいねさん。薬礼は都合がついた時にね、気にしないで」

千鶴は、おちかの落ち着いた寝息を耳朶《じだ》にとらえながら、おいねに言った。

二

「いたた、そこそこ、お道っちゃん、お手柔《てやわ》らかに願います」

腰痛で通って来ている取り上げ婆のおとみは、口に遠慮がない。

「分かってますよ、それよりおとみさん、少しは歩いていますか……歩くと痛みも和《やわ》らぐんですけどね」

お道は湿布を腰に当ててやりながら言う。

「毎日は歩けないよ。だって近頃お産が多くって、あたしゃもう隠居してるっていうのに、あたしの手で生まれた子たちが母親や父親になっていて、どうしてもって、言ってくるんだもの……そんな風に言われちゃあ断れないしね。そうすると、のんきに散歩なんかしている間に呼び出しが来たらどうしようって思う訳よ。だから、散歩する時間をとるのは難しいのよね。ここに来るのが唯一のあたしの楽しみ……千鶴先生やお道っちゃんの顔を見るだけでも元気がでるのよ」

ちらと診察をしている千鶴に視線を投げる。

千鶴はふっと笑みを見せるが、風邪《かぜ》で咳《せ》き込む中年のお店者《たなもの》の男の患者の胸を診察している。

「先生、どんなものでしょうか。咳が酷いんですよ」

男の患者は、不安そうな顔で訊く。滝蔵《たきぞう》という信濃屋《しなのや》の番頭だ。

「今年流行の風邪は肺がやられてしまうようですね。お店のご主人に願い出て、少しお休みをいただいた方が良いでしょうね。そうでないと、滝蔵さん、あなたも病状が悪化するし、お店の人たちにも移してしまいますからね」

「やはりそうですか」

滝蔵は肩を落として頷くが、また激しく咳き込んだ。

「大丈夫？」

千鶴が背中を撫でてやる。

「ありがとうございます。大丈夫です。千鶴先生に診ていただければ安心です。先生、いかがでしょうか。うちのお店《たな》には他にも風邪をひいている者がおります。一度お店の方に往診に来ていただけないでしょうか」

滝蔵は、はだけていた着物をかき合わせながら千鶴の顔を見た。

「でも、信濃屋さんにはかかりつけのお医者様がいらっしゃるのではありませんか」

千鶴は帳面に滝蔵の病状と、処方する薬を記録しながら言った。

信濃屋は堀江町《ほりえちょう》で昆布《こんぶ》や海苔《のり》を扱う大店《おおだな》だ。

「それが、かかりつけの先生も風邪で臥せってるっていうんです。医者の不養生《ふようじょう》っていうのでしょうかね。それで主が、千鶴先生に伺《うかが》ってみてくれないかと私に伝言を頼んだんです」

「夕刻でもよろしいですか。それでよろしければ……」

「ありがたい、よろしくお願いいたします」

　滝蔵が診察室から出て行くと、千鶴はお道に、風邪薬を滝蔵に渡してやるよう指示し、薬研《やげん》を使っているお竹《たけ》に、次の患者を呼び入れるよう告げた。

　今年に入ってから風邪の流行で、桂治療院はますます忙しさを増している。

　全ての患者を見終わったのは、午後になってからだった。

「今日は温かいお蕎麦《そば》にしました。召し上がって下さい」

　お竹がせかせかと千鶴とお道に告げる。

　毎日往診の無い日はないから、昼もゆっくりと食べてはいられない。

　女三人が頭を揃えて、急いで蕎麦をすすっていると、

「やあやあ、いいにおいがしていると思ったら、蕎麦か……お竹さん、わしら二人にも頼めるかな」

　ずかずかと入って来たのは、根岸《ねぎし》の里で医者をしている酔楽《すいらく》と手下で弟子の五《ご》郎政《ろまさ》だった。

「あら先生、今日はどちらにお出ましですか」

　お竹がすぐに立ち上がって訊く。

「今日は釣りをしておったのじゃ。しかしこの寒さだ、魚も川底に避難《ひなん》しておると見えて餌《えさ》を食ってくれぬ」

「先生の餌に食いつく魚はいるのですか?」

お道が笑って言った。

「まったく、お道っちゃんの言う通りでさ。そこいらの女なら小判を見せればお愛想で、ほんの一刻ぐれえなら側に寄って来てくれやすが、魚はそうはいかねえ。朝早くからこの寒いのに、釣れもしねえ竿《さお》をたれて、親分のお供も大変でさ」

五郎政の愚痴《ぐち》が出る。

酔楽はその愚痴さえ楽しんでいる様子で、にやにやして聞いているのだ。

「まあそういう訳でな。五郎政のいう通りだ。とはいえ体が冷えてこれでは根岸まで帰るのは難儀《なんぎ》、それなら千鶴の顔を見て帰ろうかということになったのだ」

殊勝《しゅしょう》な口調の酔楽だ。

「よろしいんですよ、おじさま。ゆっくりしていって下さい」

千鶴が労《いたわ》れば、台所に立ったお竹も、

「お蕎麦、すぐに出来ますから、お待ち下さい」

優しい声を掛けてくる。

思わず涙ぐむ酔楽だ。

「親分は年のせいか、近頃涙もろくなっちまって……それでも昔のことは、とても良く覚えていて驚いてしまうんですが……」

五郎政が笑って言った言葉に、千鶴はふと気づいて、

「そうだ、おじさま、おじさまは京の医師で、弦斎って方の話を聞いたことがありますか」

火鉢の前に座って手を翳《かざ》した酔楽に訊いた。

「京の弦斎だと？」

酔楽の表情が俄《にわか》に真顔《まがお》になった。

「ええ、ちょっと気になる話を患者の宅で聞いたものだから……」

千鶴は、深川元町の横町に暮らすお咲の弟の話を手短にした。

「ふむ、文の返事がないということは、何かあったのかもしれぬな。わしが聞いている弦斎という男は、医者としてどうかな」

酔楽は、渋い顔をした。

「どうかって？」

「確かに腕には自信があるような事を言っているらしいが、あやつはくせ者だ」

酔楽は一笑に付す。

「ご存じなんですね」

千鶴が念を押すと、

「昔一度会ったことはある。長い間その名を耳にしたこともなかったが、つい最近、京に所用があって行ってきたという友から話を聞いた。わしが気に入らんと思ったのは、奴は金儲けに走っているということだ。弟子をたくさん集めているらしいが、その弟子も、金の無い者は縁を切られるというのだ。聞いたところによれば、奴は入門の時の束脩《そくしゅう》を十両もとるらしい。更に、月々の謝礼も一両だというから、奴の頭の中では、医は算術になっているようだ。わしから言わせれば、弦斎など医者ではない、守銭奴《しゅせんど》だ」

酔楽は吐き捨てるように言った。滅多《めった》切《ぎ》りに等《ひと》しい。

「……」

千鶴の胸に、お咲の不安そうな顔がよぎった。

お咲にはあれから薬も施《ほどこ》し、女中のおしかから、徐々には良くなってきていると報告を受けている。

今日も立ち寄ってみるつもりだが、お咲はなぜ弟を京にやったのか。この江戸にも名のある医者がいるではないか、とふと思った。

「いかがですか、痛みは少しは和らぎましたか……」

千鶴の往診をお咲は待ちわびていたらしく、往診するとほっとした顔で迎えた。

脈を取りながら千鶴はお咲の顔色を確かめる。

「先生のお陰《かげ》です。やっぱり千鶴先生にお願いして良かったって、おしかさんと話していたんです」

お咲は言った。

とはいえ、まだ痛みもあり、食欲も戻っていないらしく、

「先生、すっかり治るには、どれほどの日数が必要なんでしょうか」

お咲は診察を終えた千鶴に訊く。

「そうですね、何日辛抱《しんぼう》すればよいのか人によって違いますしね。でも少しずつ良くなっているのは間違いないのですから、気を抜かずに水分をとって下さい」

千鶴の返事に、お咲は困った顔をした。

「先生、私、ただこの家でじっとしている訳にはいかないんです。大事な仕事がありまして……」

「仕方ないですね、病気なんですから。でも自分で動けると思うのなら、起きて仕事をしていただいて結構ですよ」

「……」

お咲は思案の顔だ。

「お咲さん、その仕事というのは、金貸しのことかしら？」

千鶴はさらりと言った。

「先生……」

お咲は驚いて、千鶴の顔を見た。

「これは口に出すまいと思っていたんですが、お咲さん、あなたは、女の子が病で臥せっているお布団を、借金が返せないのなら貰って行くって、引っぱがして取り上げようとしたらしいですね」

「!……」

お咲は咄嗟《とっさ》に返す言葉を失って、お茶を運んできたおしかをきっと睨《にら》んだ。おしかが千鶴に余計な話をしたのだと勘違いをしたらしい。

おしかがそれを察して、首を小さく振って否定すると、お咲は今度は険《けわ》しい目を千鶴に向けた。

「先生、いったい誰にそのような話をお聞きになったんですか。そんな話、嘘っぱちですよ」

　お咲は否定した。だがその顔に動揺が走ったのを、千鶴は見逃《みのが》してはいない。

「そうですよね、自分が病になってみると、誰でも心細い。お咲さんもそれはご存じでしょ。まして死ぬかもしれないほどの病なら、なおさら……お咲さんだって死の不安にさいなまれて、私のところにおしかさんをよこしたんでしたね」

「……」

「誰であっても、病になると大変な不安に襲われます。それが分かっていながら、重い病人から布団を剝ぎ取ろうとするんて、お咲さん、あなたは何故《なぜ》そんなあくどい商いをするのかしら。この家の佇まいを、ざっと拝見しただけでも、私には、あなたが何不自由なく暮らしているのが分かります。人に恨まれるような商いをしなくっても良いのではと思っているのです」

　千鶴は、まばたきもせず、お咲の目をとらえている。

「先生、私、あくどいことなんてしていませんよ」

「そうでしょうか……先日こちらの往診を終えた日のことです。孫の布団を剝ぎ取ろうとしたお咲さんの話を、この耳で直接聞きました。その人の名はおいねさん、覚えがあるんじゃありませんか……」

「！……」

目を見開いて険しい顔になっていくお咲に、更に千鶴は話を続けた。

「私はあの日、おいねさんの長屋に行って来たんです。お孫さんのおちかちゃんは肺炎になっていました。私があの日、おちかちゃんを診なかったら、今頃おちかちゃんは亡くなっていたかもしれません」

「お待ち下さい！」

病人とは思えない強い口調で、お咲は千鶴を睨んだ。

「先生、千鶴先生は私の事情なんて、これっぽっちもご存じないから私を責めるんですね、酷い女だって……私にはどうしてもお金が必要なんです。押し込みや盗みをした訳じゃありませんよ、金貸しをして、それを約束通り返せと迫るのが悪いことだっていうんですか」

突然の激しい口調に、千鶴は驚いていた。

「お咲さん……」

側からおしかがお咲の言葉を押しとどめようとしたのだが、

「おしかさんは黙っていて！」

　ぴしゃりと言い、

「先生、私には弟がおりましてね、この世に血を分けた、たった一人の弟なんですよ。その弟にお金を送ってやらなくては、弟は立派な医者にはなれないんです。今は心を鬼にしてでも、お金をかき集めなきゃならないんです」

「お咲さん、弟さんを京にやった事は、おしかさんから聞いていますよ」

　千鶴は一拍《いっぱく》おいてから、静かに言った。

「でも、どうでしょうか……医は仁術《じんじゅつ》という言葉があるように、医術は人を助けるためにあるのです。私もそのように教わりました。その医術を弟さんが学んでいるのに、病人の布団を剝ぎ取ろうとするなんて、弟さんが姉さんのそんな行いを聞いたらなんと思うでしょうか」

　お咲は、ぷいと顔を横向けた。だがすぐに、何かに挑むような険しい目を千鶴に向けた。

「先生は生まれた時から恵まれた方でしょうから、説明しても分かりようがないと思いますよ。でも私たち姉弟は、縁者も血縁もいない者です。幼い子供二人が厳しいこの世に放り出されて、どうやって生きていけばよいのでしょうか。並々ならぬ強い決心がなくては生きてはいけませんよ。どんなことをしてでも生き抜いてやる、そんな思いで生きてきた私たちを蔑《さげす》むなら蔑むがいい。批判したい人はすればいい。でも私、誰にどのように言われても平気、負けません！」

お咲は、感情を激高させて言った。腹の痛みもふっとんでしまうほどの激しさだった。

千鶴は苦笑した。

——確かに、お咲には大変なことだったのかもしれない……。

千鶴などは経験したこともない、想像すらもしたことがない、よほど厳しい環境のもとで過ごしてきたのだろうと思った。

「先生、お気を悪くなさらないで下さいまし。お咲さんは、本当に苦労を重ねてここまで生きてこられた人なんです」

側からおしかが口を添える。

「それは分かっていますよ、おしかさん。分かっているからこそ、困っている人に寄り添ってあげられないものかと……弟さんが医者を目指しているのなら、なおさらです」

千鶴が、往診の箱を仕舞い終えたその時、玄関の戸が乱暴に開いた音がした。

「誰かしら……」

おしかが不安な顔で呟《つぶや》いた。

するとそこへ、二十七、八と思われる男が足音を鳴らして部屋に入って来た。

「勝治さん……」

おしかの言葉に、千鶴はあっとなった。勝治という名に覚えがあった。

そう、肺炎になっていたおちかの布団を、お咲の命令を受けて剝ぎ取ろうとした男の名だ。

「お咲さん、大変なことが起きましたぜ」

勝治は千鶴の姿をちらと見てから、お咲の側に片膝ついて言った。

千鶴はそれを潮《しお》に部屋の外に出た。だがそこで立ち止まった。やはりお咲と勝治の話が気になったのだ。

立ち尽くして聞き耳を立てる千鶴に、お咲の声が聞こえてきた。

「勝治さん、なんなのよ。大変なことって、あたしはご覧の通り、しばらく動けないんだから」

「お咲さん、お咲さんは梅之助《うめのすけ》さんが江戸に帰って来ているってこと、知っていやしたか？」

勝治は突然、お咲の弟の名を出した。

「えっ、梅之助が、この江戸に帰ってるって、どういうこと？」

お咲は驚いて聞き返した。

「やっぱり、知らなかったんですね」

「知るもなにも、あの子は京にいるんですよ」

お咲は動揺を隠せない。

「お咲さん、これを見て下さい。梅之助さんの持ち物ではないですか？」

勝治は懐《ふところ》から紙入れを出した。

濃紺《のうこん》の縮緬地《ちりめんじ》に、亀の絵が刺繡《ししゅう》してある。

その紙入れは、弟の梅之助が京に発つ時に、お咲が縫《ぬ》って渡したものだったのだ。

「これは……いったいどうしてあんたが？」

驚きの目で、お咲はその紙入れを手に取った。

「これをあっしの長屋に持参してきた男がいるんです。たちの良くねえ男でした。その男が言うのには、お咲という姉に十五両持参するように伝えろと……」

「十五両……何のためのお金ですか？」

「梅之助さんが賭場《とば》で作った借金だそうです」

「そんな馬鹿な、何処の賭場で弟が借金したというんですか」

お咲は、苛立《いらだ》って聞き返す。

「回向院《えこういん》門前町にある『岩見屋《いわみや》』ってぇ看板がかかっている家が、その賭場です」

「岩見屋？」

「へい、岩見屋の看板は昔の持ち主がやっていた店の物なんですが、それを取り払わずにそのままになっているんですがね。そこに今住んでいるのは清徳《せいとく》っていう坊主らしいんです。その坊主が毎晩賭場を開いているって聞いています。梅之助さんは、その賭場で多額の借金をした。博打《ばくち》で借金を作ったってことですよ。だから身柄をとられちまって、姉のお咲さんに脅しをかけてきたって訳ですよ。金を持って弟を引き取りに来いってね」

「待って、あの子は京で医者になるための修業をしているんですよ！」

ますます金切《かなき》り声を張り上げるお咲に、

「お咲さん、あっしに使いが来るってことは、間違いなく梅之助さんじゃねえかと思うんです。だったらこんな紙入れは持ってこないでしょう。この世にひとつしかない紙入れです」

「でもどうして、あんたのところに……変でしょう。梅之助はこの家を忘れたとでもいうんですか」

お咲は勝治を問い詰める。

「あっしが思うに、梅之助さんは、ここに直接使いをよこすのは気が引けて出来なかったんじゃないでしょうか。姉さんには直接言いにくい、だからあっしの所に使いをよこしたんだと……」

「……」

「この紙入れを使いの者に渡したのも、梅之助さんの他には考えられねえじゃありやせんか。ここは一度、あの家に行って確かめなきゃどうにもならねえ、そう思いやしてね」

「まさか……でも、梅之助が本当にいるのなら、会って、言い聞かせて、京に戻さなくては……」

お咲は立ち上がった。だが、よろけて、

「うっ……」

治まっていた痛みが押し寄せたようだ。その場にうずくまった。

「お咲さん……」

おしかが走り寄る。

異変を察知した千鶴も、襖を開けて入って来た。

「おしかさん、お水とお薬を……」

千鶴が命じると、

「は、はい」

おしかは、台所に飛んでいった。

「大丈夫ですよ。興奮したからでしょうね。大きく息をしてごらんなさい……」

千鶴はお咲の背中を撫でる。

お咲は大きな息を数回した。そして悲壮な顔で千鶴に言った。

「先生、先生も今の話をお聞きになったんでしょう……お願いできませんでしょうか。いかがわしい賭場に本当に弟がいるのかどうか……もしそうなら、先生じきじきに弟を説得していただきたいのです。医者になるのではなかったのかと、何故江戸に戻ったのかと……」

「お咲さん……」

「お願いします。先ほどは先生に生意気なことを言ってしまいました。謝《あやま》ります。ですから先生、助けて下さい」

　お咲は痛みに耐えながら手を合わせた。


千鶴が勝治と一緒に、回向院門前にある岩見屋の看板を上げた店に赴《おもむ》いたのは、翌日の午後だった。

　本当は昨日のうちにと思っていたのだが、お咲の家を出てから堀江町の信濃屋を往診したところで、夜の六ツ半（七時）になってしまったからだ。

　流行の風邪に罹《かか》っていたのは番頭の滝蔵ばかりか、主夫婦とその家族、それに奉公人合わせて三十人余のうち、半分の者たちに熱が出ていたり、喉《のど》が腫《は》れたりしていたのだ。

　処方する薬の量も多く、千鶴は信濃屋で風邪を免《まぬが》れていた手代《てだい》を連れて治療院に戻り、お道やお竹にも手伝わせて薬を用意し、手代に渡して帰すと、もう夜も四ツ（十時）近くになっていた。

　本日も午前中は診察で手が離せず、勝治に治療院に来て貰ったのが昼の八ツ（二時）、千鶴はようやくお道に後を頼んで、勝治と治療院を出たのだった。

　千鶴は、往診の時の袴姿とは違って、今日は紅掛空色《べにかけそらいろ》の江戸小紋《こもん》に鳶色地《とびいろじ》の帯を締めている。医者とは想像もつかぬ娘の出で立《いでた》ちだ。きりりとした千鶴の顔が一段と美しく見える。

「ぬかるみがありますよ。足下気をつけて下せえ」

などと勝治が千鶴の姿に面食《めんく》らって言ってくれるのを、胸のうちで苦笑しながら、千鶴は勝治の案内で急ぎ小伝馬町《こでんまちょう》の大通りに出た。

門松《かどまつ》などは取り払われているものの、どの通りもまだ新年の空気に彩《いろど》られていた。

大通りに静かに光を落としている優しい陽の色、空き地で凧揚《たこあ》げをしている子供たちの歓声、町を行き交う人の表情も頬《ほお》を緩《ゆる》めていて、どこをどう切り取ってみても、正月の雰囲気はまだ残っている。

そういった景色には、誰もがこの一年、健康はむろんのこと、家族が幸せに暮らすことを望んでいるのは間違いない。

お咲のように、新年早々予想もしなかった不幸の予兆《よちょう》に怯《おび》えることになろうとは、誰が想像して正月を迎えるだろうか。

お咲の、金貸し稼業に関わる話に千鶴は眉をひそめたが、しかし正月早々弟を案じて声を荒立《あらだ》てたお咲の心痛はいかばかりかと千鶴は思う。

道案内に立った勝治にも問いただしたいことが一杯あるが、まず今日は、お咲の弟梅之助を連れ戻すのが先決、

「千鶴先生、あそこですね」

両国橋を渡って回向院前の門前町に入ってまもなく、広い通りの奥のほうに、ひっそりと建つ古い仕舞屋を勝治は指した。

千鶴は口を引き結んで頷いた。そして勝治と家の中に入った。

「ごめんなさいまし、先日梅之助さんのことで、知らせをいただいた勝治でございやす」

玄関の土間で勝治がおとないを入れると、すぐに奥から目の玉をぎょろつかせた人相の悪い三十前後の男が出て来た。

「こちらにいる梅之助さんを迎えに来たんだが」

勝治が、梅之助の紙入れを差し出すと、男は黙って紙入れを取って確かめ、

「上がって待ってろ」

顎《あご》をしゃくって玄関脇の部屋を指した。

千鶴と勝治は、玄関脇の、その小さな部屋に入った。

待つことほんのひととき、まもなく杖《つえ》をつく音が聞こえたと思ったら、先ほど

の目玉男が初老の坊主頭の男の手を引いて入って来た。

「！……」

千鶴は、清徳の目をきっと見た。

――不自由を装《よそお》っているが、健常な目となんら変わりない。

一瞬にして見破ったものの、清徳を包んでいる底知れぬ不気味さは、丸坊主な上に、その不自由そうな体の動きにあるのかもしれなかった。

「金は持って来たんだな……」

清徳は腰を据《す》えると、しゃがれ声で側に座った目玉男に訊いた。

その目は瞼《まぶた》で覆われている。わざと閉じているのだと千鶴は見た。目を開けてしゃべれば、光に反応し、視線の動きで健常そのものの目であることがバレる。

それを恐れての演技だろうと千鶴は思った。

「十五両、持ってきました。梅之助さんをこちらに渡していただけますか」

懐紙《かいし》に包んで持参してきた小判十五枚を、千鶴は清徳の膝前に置いた。

すぐに側についている目玉男が、小判の枚数を数え、清徳の耳に報告した。

「ふん」

清徳は頷くと、

「医者の卵だかなんだか知らねえが、金もねえのに博打場に顔を出すんじゃねえって言い聞かせるんだな。今回はこれで決着をつけてやるが、次は痛い目に遭《あ》うぜ」

そう言った後、手を二度打った。

すぐに、部屋の外に手下がやって来て跪《ひざまず》いた。

「何か……」

「梅之助をここへ」

厳しい口調で清徳は命じた。

千鶴と勝治は、顔を見合わせた。

するとそこに、若い男が襟首《えりくび》を摑まれた格好《かっこう》で、部屋の中に突き入れられた。

「いて……」

前のめりになって膝をついた若い男は、その白い顔を千鶴たちの方に向けたが、すぐに決まり悪そうにそっぽを向いた。

「梅之助さん！」

勝治が呼んだ。

「ふん、遅いじゃないか」

梅之助はあぐらを組んでふてくされて叫んだ。

「お咲さんも大変なんだよ。とにかく帰ろう」

「いいよ俺は……」

梅之助は投げやりに言った。

「いいわけないでしょ！」

千鶴は立ち上がると、梅之助の前に進んで見下ろした。

「私はお咲さんに代わって迎えに来た千鶴といいます。立ちなさい！」

梅之助の腕をぎゅっと摑んだ。

「いて、痛いよ。誰だよあんたは……」

顔を歪《ゆが》める梅之助に、

「いいから立ちなさい。帰りますよ、さあ」

有無《うむ》を言わさぬ顔で梅之助の腕を握っている手に力を込める。

「いたたた、止めろ。分かったから止めてくれ」

梅之助が降参したのを見た目玉男が、度肝《どぎも》を抜かれた顔で清徳の耳に報告している。

驚いていたのは梅之助や目玉男だけではなかった。千鶴を案内してきた勝治も、口をあんぐり開けていた。

三

「なんだよ、どうして俺が治療院に連れていかれるんだ」

梅之助は、桂治療院の門前で立ち止まった。

「いいから中に入りなさい。私がこの治療院をやっているのです」

千鶴の言葉に、一瞬梅之助は驚いたようだった。

「まさか女が治療院をやっているなんてって思ったでしょ。さあ」

千鶴は笑って促《うなが》した。

「いいよ、俺は……」

梅之助は後ずさる。

「自分勝手は許しませんよ」

千鶴は、ぴしゃりと言った。

「姉さんのところには帰りたくない、親戚《しんせき》はいない、住むところも決まってない。そう言ったからここに連れて来たんじゃありませんか。入りなさい、私も言っておきたいことがあります！」

千鶴に睨まれて、梅之助は首を垂《た》れた。

「梅之助さん、さあ……」

勝治にも促されて、梅之助は渋々《しぶしぶ》桂治療院の門をくぐり、千鶴に言われるままに、診察室に入れられた。

「そこに座って……」

千鶴は、有無を言わさず梅之助を座らせた。

奥ではお道が薬味簞笥《やくみだんす》の前で、薬の調合をしているのが見える。

梅之助はちらとその様子を見ると顔色が変わった。緊張と後悔と屈辱《くつじょく》が入り交じったような表情をした。

お竹が直《す》ぐにお茶を運んで来る。

「どうぞ」

お竹は、ちらっと梅之助の苦しげな顔を盗み見て、台所に引き上げて行った。

「すいません、馳走《ちそう》になりやす。緊張して喉がからからになっちまって……」

なんと勝治まで、こちこちになっている。

なにしろ少し前に、千鶴が梅之助の腕をねじ上げたのを見ているのだ。今やすっかり子分になったような弱気の勝治だ。

「ここに来るまでに、あなたの姉さん、お咲さんは病気だって教えてあげたわね。実は私の患者さんなんです。命に別状はないけれど、まだ外に出るのは不安なのです。それで私が姉さんに代わって、あなたを迎えに行ったんです」

千鶴の言葉に、梅之助は小さく頷いた。

「お咲さんはね、仰天《ぎょうてん》していましたよ。まさかあなたが京の医者修業を勝手に止めて江戸に戻っているなんて……しかも、賭場で借金を作って身柄を引き取りに来い、なんて知らせを受けたんですからね。梅之助さん、何故江戸に戻ることになったんですか」

千鶴は、梅之助の顔をじっと見詰める。

「……」

梅之助は口を一文字に固く結んで、うなだれた。

「医者にはなりたくなかったんですね……姉さんに言われて、期待をかけられて、渋々京に行ったんですか？」

「！……」

さっと梅之助は顔を上げ、何か言いたそうに口を開いたが、すぐに閉じてうつむき、ぐいと手で拳《こぶし》をつくる。拳を作った左手の甲に、千鶴は火傷《やけど》の痕《あと》を見た。遠い昔の火傷の痕だと思った。

千鶴の視線を感じてか、梅之助はすぐに左手の甲を隠すように右手で覆った。だんまりはそのままだ。

「口をつぐんでれば、いいってもんでもないでしょう……」

きっと梅之助を見た千鶴は、次の瞬間怒鳴りつけた。

「甘えるのも、いい加減にしなさい！」

すると、梅之助が千鶴を睨んだ。

「姉さんに、これ以上金の心配を掛けたくなかったんだよ！」

梅之助は負けまいと言い返してきた。

「そう、お金のことだったの……勉強が嫌で帰って来たのではないと……それなら何故、博打場に足を踏み入れたんですか」

「……」

梅之助はまた黙る。

しかし千鶴は更に、畳みかけるように問いただす。

「博打場に足を踏み入れて十五両もの借金を作って……それって説明がつかない

でしょう……梅之助さん、弦斎先生の塾では、あなた、どういう扱いになってい
たのですか……まさか破門になったんじゃないでしょうね」
次々千鶴は質問を畳みかける。
梅之助が医者を目指している者だからこそ、千鶴は険しい質問を浴びせるの
だ。
梅之助は、初め千鶴の質問に動揺しているようだった。だがやがて、
「破門じゃねえ、こっちから辞めてやったんだ」
梅之助は言った。
「何故?」
「第一は金だ。俺は塾生の中でも一番の貧乏人だったんだ。月々の謝礼は出せて
も、ひとつ新しいことを教わるたびに多額の金を要求される。先輩にはおべっか
を使ってご馳走しないと虐《いじ》められる。ろくろく教えてもくれないのに、手術の道
具などを買えと勧められる……」
「やはりね……」
千鶴は、酔楽が言っていた、弦斎への酷評を思い出していた。
「それと、俺はやっぱり医者には向いてねえことが分かったんだ。難しくてつい

ていけねえ。そんな自分が、姉さんに金を出してもらうのも苦痛になって……」

梅之助は悩んだあげく、京を逃げてきたのだと言う。

「何時《いつ》なの、何時江戸に？」

「一月前です。姉さんに会わせる顔がない。ふらふらしてたら、両国で遊ばないかと誘いを受けて……」

「そう、じゃあ、これからのことも、まだ考えが及ばない……そういうことですね」

梅之助は、小さく頷いた。

千鶴は大きくため息をついた。だがまもなく梅之助に言った。

「ではこうしましょう。しばらくここで手伝って貰います。薬研を使うことぐらいは出来るでしょ」

「薬の調合は苦手です……あんまり教わっていないですから」

不安な顔を見せる梅之助だ。

千鶴は驚いた。漢方にせよ蘭方《らんぽう》にせよ、いかに良い薬の調合ができるかが医者としての第一義だ。

それを苦手と言うのなら、いったい京で何を教わってきたのだと、梅之助だけでなく師の弦斎にも不審を感じる。

「じゃ、何が出来るの？」

「掃除《そうじ》、食事作り……向こうでやらされていましたから」

ぽつりぽつり、梅之助は言う。

「分かりました。出来ることでいいから手伝って下さい。それと勝治さん、勝治さんの長屋は八《や》名川町《ながわちょう》だったわね。しばらく勝治さんの長屋で梅之助さんを預かって貰えないかしら」

千鶴は言った。

「へい、お任せ下さいやし。この梅之助だって懐かしい長屋です」

勝治は言って微笑んで梅之助を見る。梅之助は知らんぷりをしているが、

「先生、今あっしが暮らしている長屋は、昔お咲さんも梅之助も住んでいたんです。あっしとお咲さんは幼《おさな》なじみ、まあそれで、あっしも仕事を手伝ったりしているんですがね」

「良かった。なにしろご覧の通り、うちは女ばかりの所帯ですから、梅之助さんも窮屈《きゅうくつ》なんじゃないかと思って……」

勝治は快《こころよ》く引き受けてくれた。そして梅之助には、

「そのうち、おりを見て、姉さんにも謝って……そしたら姉さんの仕事だって手伝えるじゃないか」

そう言ったが、梅之助は即座に言い放った。

「借金取りの片棒なんて担ぐのは俺はやだね、勝治兄《あにい》のようなことはできねえよ、やりたくねえよ」

「梅、おめえ！」

思わず怒りで拳を上げそうな勝治に、

「勝治さん！」

千鶴は首を横に振って制した。


――医者の修業は梅之助には重荷だったのか……。

千鶴は、記帳していた診療日記を閉じた。

頭の中を巡っているのは、お咲と梅之助のことだった。

千鶴はお咲に、梅之助を回向院の賭場から取り戻して来たことを、今日のうちに知らせてやらなければと、夕食前にお咲の家に行って来たのだ。

本当は勝治に報告して貰うつもりだったのだが、梅之助があの様子では、目を離せないと思ったからだ。

　お咲は昨日から、食事もとれないほど気に病んで床に臥せ、千鶴の報告を待っていたのだと、おしかが教えてくれた。

「間違いなく弟さんでしたよ」

　部屋に上がって伝えると、お咲は白い顔で黙って頷いた。

「こちらに連れて帰ってくるつもりだったんだけど、梅之助さんが姉さんのいる家には帰りたくないなどと言うものですから、勝治さんの長屋にしばらく預かってもらうことにしました」

「すみません」

　お咲は殊勝に答える。覚悟は出来ていたようだ。

　とはいえ予期せぬこと、お咲にとっては大事件だ。

　連れて帰って来て、治療院で話したことも掻《か》い摘まんで伝えると、お咲は肩を落とし、精も根も尽きた顔で、

「先生、姉の私が無理強《むりじ》いしたってことなんでしょうね。姉弟の夢は、これで終わりということなんですね」

　ぽつりと言った。

「そのうちに気が変わるかもしれません。それに、やっぱり医者になりたいと言い出す時がくるかもしれません。ですが今は、梅之助さんは心に傷を負っていますから、そっと見守るしかないと思われます」

「先生……立ち直れるでしょうか？」

お咲は、不安に満ちた顔で千鶴を見た。

「まだ若いんです。どんなことにも挑戦できます。立ち直れます」

千鶴はきっぱりと告げ、家に帰って来た時には頭ごなしに叱りつけないように、二人でじっくり話し合うように助言して治療院に戻って来た。

しかし、二人のことが頭から離れることはなかったのだ。

お道とお竹と三人で夕食をとり、自室に入るとまた、二人のことが頭をよぎる。

——どれほどの決心で、梅之助が医者になろうとしたのかは知らないが……。

このご時世、藪《やぶ》医者になるのは容易だが、内科も外科もひと通り習得した医者になるには、相当の覚悟がいる。

ひとかどの、誰もが認めてくれる医者になろうと思えば、並大抵《なみたいてい》の修業では得られないのだ。

千鶴も長い間シーボルトの元で一心不乱に勉学につとめた。医者になりたい、ならなければという強い気持ちが無ければ、乗り越えることは不可能だ。

日本の医者で内科にも外科にも通じた人で、千鶴が尊敬する一人である華岡青洲は、三年間京に留学し、後に麻酔薬の『通仙散《つうせんさん》』を作っている。

実母と妻の協力無くしては成せなかった偉業だが、実母はそれで命を落としているし、妻は両目の光を失っている。

華岡青洲はその後、自身の体も実験台にして探求を重ね、なんと患者に使うようになるまで、二十年ほどの月日を要しているとも聞いている。

家族郎党一丸《いちがん》となって命を懸けて成功したものだが、本物の医者とは飽くなき探求の出来る者、常に志高くある者ではないかと千鶴は思う。

華岡青洲は通仙散を作り出した後、乳がんを初めとする手術を数多く手がけ、その名を不動のものとしている。

現在華岡青洲は六十半ば過ぎ、紀州藩《きしゅうはん》の小普請御医師《こぶしんごいし》の地位にある。

――華岡先生の足下にも及ばないが……。

それでも千鶴が、シーボルトの塾で勉強した時のことを思い出してみると、一心不乱、他の何事にも興味を示す余裕はなかったように思う。

ただただ医学書を読み、シーボルトの元で実践《じっせん》を重ね、ひたすら帳面に書き付ける毎日だった。

今自分が育てているお道だって、毎晩遅くまで勉強に励んでいることは知っている。呉服屋《ごふくや》の大店の娘にしては、根性も座っているし、むろん頭もいい。京に留学していたとはいえ、梅之助はお道に、その腕において完敗するのではないか。

千鶴は二人を並べてみて、そのように感じている。それに、年齢も似たような感じだが、お道の方が大人だ。

――ただ……。

それもこれも、お咲と梅之助の、これまでの生い立ちにあるのかもしれないと思うのだ。

梅之助はもちろんのこと、お咲にも立ち直ってほしい……千鶴が消えかけた蠟《ろう》燭《そく》の火を継いだその時、

「先生、ちょっと居間の方に出て来ていただけませんか」

お竹の声に、千鶴は立ち上がって居間に向かった。

「まあ……」

部屋に入って、千鶴は思わず声を上げた。部屋一杯に美しい反物《たんもの》が広がってい

る。

反物を持ち込んで来たのは、お道の実家の呉服問屋《どんや》『伊勢屋《いせや》』の番頭で喜兵衛《きへえ》という中年の男だった。

「お嬢様がお世話になっております」

喜兵衛は、にこにこして挨拶《あいさつ》し、

「本日は先生に頼まれていた晒《さら》しの反物をお持ちしたのですが、旦那様とおかみさんが、こちらの反物をご覧いただいて、お気にいる物がございましたら、お仕立ていたしたいと申しまして……」

などと言う。

「先生、遠慮なさらないで下さい。先生とお竹さんと、そして私と三着、縫ってくれるって」

お道が弾《はず》んだ声で説明する。

「待って、それはいけません。どうぞお持ち帰り下さいませ」

千鶴は慌《あわ》てて断った。

「そんなことをおっしゃらずに……旦那様は先生が束脩はおろか月々のお礼もお受け取りにならずに、ずっとお嬢様に医術を伝授して下さっているのを、申し訳なく思っているのです。伊勢屋の顔を立てていただきたいと申しておりまして……」

「困ったわね」

千鶴は、お道とお竹の顔を見た。二人は千鶴の返事をじっと待っている顔だ。

千鶴だって女である。美しい反物を見たら心が動く。だがそんな心を断ち切って、

「もしそういうことでしたら、木綿《もめん》の肌着を数枚お願い出来るでしょうか。大人の肌着と子供の肌着と……実はこの度《たび》も、替えの肌着のない患者がおりまして、その患者には洗いざらしの治療院の肌着を使ってもらっているのですが、やはりもう少し備えておかなくてはと考えていたところなんです」

「分かりました。そちらはお任せ下さいませ。ですが、こちらの話はまた別です。承知していただけなければ、私もお店に帰ることが出来ません。お道お嬢様の前でなんですが、旦那様は言い出したら聞かない人です。私は番頭を首になります」

番頭は困っている様子だ。

お道はくすくす笑って番頭を見ていたが、真顔になって、

「先生、私からもお願いします。毎日毎日、女ってことを忘れて患者さんと向き合っているんですもの。いいでしょ」

両手を合わせる。するとお竹が、

「今回限りということで、お受けしたらいかがでしょうか。伊勢屋さんに限らず、大概の人は、お世話になったら、自分の出来ることで心を尽くしたいと思うものです」

「今回限り……」

そうまで言われては、千鶴も折れるしかない。

「番頭さん、本当に今回限りにして下さいね。確かにお月謝をいただいてはおりませんが、お道っちゃんがいなければ、治療院はやっていけない、それほど働いてもらっているんです。それなのに、お手当も大してお渡ししていないんですから」

千鶴がそう言った途端、お道とお竹は顔を見合わせて、

「やったぁ……」

小さな声で、勝ちどきのごとく腕を突き上げた。

四

「はい、順番を守って下さいね。えっ、お湯を飲みたい……寒いのね、熱があるのかしら」

お竹は待合の部屋に入ると、順番を待っている患者に、てきぱきと応対している。心なしか弾んでいるように感じるのは、昨夜伊勢屋の番頭が持参した反物にあるのかもしれない。

あれから千鶴たちは、半刻（一時間）ほど、こちらだあちらだと、反物を選んでいたのだ。

いつもは静かな治療院が、久しぶりに華やいだ気分になった。

お道などは呉服屋の娘だから、反物など強いて欲しいこともないだろうと思っていたが、やはり年頃の娘である。

「何枚あったって邪魔にはならないもの」

などと言いながら、あれこれ選ぶのを楽しんでいた。

「えっ、なに……あの若い衆は誰だって？」

お竹は突然、中年の女の患者に質問されて、向こうでおとみの腰に湿布を当てている梅之助をちらと見て言った。

「しばらく手伝ってくれることになった人で梅之助さんていうのよ」

「へえ、なんだか頼りなさそうだね、ほら、やっぱり、おとみさんに叱られてるよ」

中年の女の患者が笑った。

お竹も苦笑して、梅之助を見る。梅之助は先ほどから、お道の指導を受けて、おとみの腰に湿布をしているのだが、おとみは口うるさい。

「まったく、その手つきはなんなんだよ。しっかりしておくれよ。痛いのは、ここ、ここなんだから」

おとみは自身の腰を叩いて厳しい声で言う。

「……」

梅之助は、黙っている。返事も謝りもしない。面白くなさそうな顔で、もくもくとお道に従っている。

どうやらここに来るのも渋々だったらしく、勝治がわざわざ連れて来たのだ。

――やはり、こういう仕事は気乗りがしないのかもしれない。

落ち着いたら話を聞いてやらなければと、千鶴は患者を診ながら考えていた。

するとそこに、

「ごめんやす、お久しぶりでございます」

なんと圭之助《けいのすけ》の母親おたよが現れたのだ。

圭之助は歴《れっき》とした医者で、大坂《おおさか》から江戸にやって来た人だ。北森下町の長屋で、よろず屋の看板を出していたが、昨年母親のおたよが病に臥せっていると知り、大坂に看病に帰っていた。

そして半年後、圭之助は母親を連れてまた江戸に戻って来たのだ。

千鶴は弥勒寺《みろくじ》近くのお吉《きち》の店で、江戸に戻ってきた圭之助と母親のおたよの挨拶を受けている。

それ以来、時々おたよだけがやって来て、世間話に花を咲かせて帰っていく。

そんな姿に、いったいおたよの体の何処が具合が悪かったのか、不思議に思うことがある。とにかく遠慮なしの賑《にぎ》やかな人だ。

「堪忍《かんにん》でっせ、お忙しいところをすんまへん」

おたよは口では謝っているが、果たして心の中でそう思っているか疑問だ。態度をみれば少しも遠慮などしていないことが分かる。

しかも口を開けば、圭之助、圭之助と倅の自慢ばかり。母一人倅一人と聞いているから、無理もないのかもしれないが、ふと、お咲と梅之助に通じるものを感じてしまう。

「おたよさん、あちらの居間の方で、お竹さんのお茶でもどうぞ。あと半刻ほどで私も診察は終わりますから」

千鶴が茶の間に行くように勧めるが、

「いえ、すぐに失礼いたしますよって……ちょっとお知らせしたいことがおましたんや。倅がいよいよ看板上げて、患者さんを診ることになったんです」

母親は得意顔だ。

「まあ、それはおめでとうございます」

千鶴は言った。嬉しかった。

圭之助の腕は確かだ。長屋でよろず屋の看板を上げているなんて勿体《もったい》ないと思っていたのだ。

「おおきに、それでね、ちょっとお願いしたいことがございまして」

「何かしら……」

診察の手を止めて千鶴はおたよの方を見た。これだから圭之助の母親には参ってしまう。いつの間にやら引きずり込まれるのだ。

「倅はまだ看板上げたばっかしやし、それに長屋だしね。患者さんいうても、数人どすわ。手があいてますねん。そやからどうどすやろ……こちらは捌《さば》き切れへんほどの患者さんが押し寄せているて聞いてます。手が回らんようやったら、うちに回してほしいなて……」

お道が向こうで苦笑している。

「分かりました。そういうことでしたら是非……圭之助さんにお願いいたします。よろしくお伝え下さいませ」

千鶴は言った。

「ああ、これでほっとしました。そんならまた参ります、おおきに」

圭之助の母親は、言うだけ言って頭を下げると、

「ごめんやっしゃ、すんまへんなあ……」

待合の患者に愛想を振りまいて帰って行った。

「まったく、相手の都合なんて考えないんだから……ああいうところを見ていると、本当にあの圭之助さんの母親なのかしらと思ってしまう」

患者を見終わって、お茶を飲みながらお道は言った。せんべいを入れた菓子盆《かしぼん》

を真ん中にして、女たちはひとときの休憩を楽しんでいる。

「ほんとね、でも悪気はなさそうじゃない？」

お竹がそう言い、せんべいを手に取ってから、

「あれ、梅之助さんは……」

辺りを見回す。

「先ほど裏で晒しを洗って干していたけど」

お道が、ぱりぱりとせんべいを食べながら言う。

「でも、おかしいわね」

お竹は立ち上がって、台所から裏の水場《みずば》に通じる戸を開けた。

そこには盥《たらい》の中に汚れた晒しが漬けてあるのだが、肝心の梅之助の姿は無い。

お竹は、はっとして、勝手口に通じる裏木戸に向かった。

「！」

戸が開いたままになっている。そして木戸の横の青木の枝に、梅之助に着せていた白い上着が脱ぎ捨ててあった。

「大変だ……」

お竹は、白い上着を掴んで、千鶴のいる診察室に引き返して来た。

「千鶴先生、梅之助さんがいなくなりました！」

それから三日、梅之助は二度と桂治療院には現れなかった。

勝治が心当たりを探してみたようだが、梅之助が立ち寄った形跡はないという。

「しょうがない、しばらく様子を見ます。梅之助はあっしが貯めていた三両の金を持って行ったようです。金が切れた頃には、きっとまた現れるに違いありやせん」

勝治は言い、裏切られた悔しさを顔ににじませた。

いったい梅之助は、何が気にくわなくて何をしたいというのか、千鶴には見当もつかない。

――勝治の言う通り、待つしかない。

梅之助を案じながら、千鶴は風邪をこじらせて肺炎になっていたおちかの様子を診るために、おいねの長屋に立ち寄ってみた。

「お陰様で、すっかり元気になりました」

おいねが頭を下げれば、孫のおちかも、

た。

おちかはすっかり元気になって、明日から手習い塾に通うのだと千鶴に告げた。

行儀良く膝を揃えて礼を述べる。

「先生、ありがとうございます」

「あたしもこれで働きに出られます。小料理屋の仲居をしているんですが、しっかり稼がなきゃ、この子が嫁入りするまでは頑張らなきゃって思っているんです。とにもかくにも、孫が元気になったのは先生のお陰、恩に着ます」

おいねの顔も晴れやかだった。

千鶴はほっとして、おいねの長屋を後にした。

病が治った、元気になったと喜んでくれる顔が、なにより嬉しい。医者冥利《みょうり》に尽きるとはこのことだと、いつも思う。

千鶴は大川端に出て、新大橋に向かった。今日はこれで往診は終わりだ。

この季節は冷たい風が大川から吹き上げて来るのだが、今日は川風も止んで暖かく感じた。

「千鶴先生」

新大橋に足を掛けたところで、背後から声を掛けられた。

振り向くと、圭之助が往診箱を片手に歩み寄って来た。圭之助は藍色《あいいろ》の小袖に茶色の裁付袴《たつつけばかま》を着けていて、凜々《りり》しい医者の姿である。

「お久しぶりです。往診ですか？」

千鶴は、にこにこして声を掛けた。

「千鶴さんも往診帰りのようですね」

圭之助は白い歯を見せて笑った。

「お母さんからお聞きしています。おめでとうございます」

千鶴が開業の祝いを伝えると、

「すみません。母が伺ったそうですね。母の言うことなど気になさらないで下さい」

圭之助は苦笑する。

「いいえ、風邪がはやり始めると患者さんが多くって、圭之助さんの近くの方などは圭之助さんにお願いしたいと思っています」

「どうです……ほんの少し？」

圭之助は、酒を飲む所作をする。

「お酒……」

千鶴は笑った。まさか圭之助に誘われるとは思いもよらなかったのだ。

「千鶴さんだけには少し話しておきたいことがあるのです。すぐ近くに安い煮売り酒屋がある。ほんのいっとき……いかがでしょうか？」

圭之助は、万年橋の方を指した。

「じゃあ、少しだけ」

千鶴は圭之助に頷いた。

まもなく二人は、万年橋袂《たもと》にある煮売り酒屋に入った。まだ陽の暮れには少し早く、十人ほど座れる席のある店の中は、三人の年寄りが飲んでいるだけだった。

「煮物も酒も安いのがここの売りです。私は時々来ていますが……」

圭之助は、応対に出て来た女将《おかみ》に酒を頼んでから、

「母のことです。賑やかな人で、桂治療院の皆様にはご迷惑をおかけしていると思いますが、ご勘弁いただきたいのです」

圭之助は言った。笑みのない真顔に、千鶴は怪訝《けげん》な目を向けた。

「実は、母は心の臓を患《わずら》っておりまして、私が大坂に帰ったのも、命が危ないのではと知らせが来たからです。大したことにはならなかったのですが、何時《いっ》倒

れるか分からない、それで連れてきたのです」

「随分《ずいぶん》お元気そうに見えるのに……」

千鶴は、桂治療院に顔を出す、おたよの言動を思い出していた。

「性格が性格ですから、倒れる寸前まで口やかましい。まあ、私も父親がいない家庭で、母には随分と苦労をさせましたから……」

圭之助は笑って言った。

「今のうちに孝行をなさって下さい。私などは、何の孝行もしないで、二親《ふたおや》を亡くしてしまいました」

千鶴は言った。その顔にふっと寂しげな翳《かげ》が走り抜ける。

「いや、千鶴さんはご立派です。あの世でご両親も喜んでおられる筈《はず》。私もこれから教わることも多々あるのではと思います。改めてお願いいたします」

圭之助は大げさに頭を下げた。

「こちらこそ……」

千鶴は、運ばれて来た酒を二人の盃《さかずき》に注ぎ、手に取って小さく頷き合うと口をつけた。だが、ふと気づいて訊いた。

「圭之助さん。圭之助さんは京の弦斎先生という方をご存じですか？」

圭之助はつい最近まで大坂で暮らしていた人だ。

「何故、弦斎の名を……」

圭之助は不快な顔をして言った。

千鶴が梅之助のことを話すと、圭之助は大きく首を横に振って否定し、

「本人は、カスパルの流れを汲む外科の医術を保持しているなんて言っていますが、怪しいものですよ。上方《かみがた》の医者の卵は、あんなところには行きません。あのような輩《やから》がいるから、まともな医者まで、藪医者だなんだと嘲笑《ちようしよう》されるのです。梅之助という人は、破門になって良かったんです。医者より、もっと世の人のためになる仕事はいくらでもありますからな」

圭之助は弦斎を一刀両断した。

梅之助を見つけたら、もう一度京に戻すだなんだと、お咲も言い、千鶴も梅之助にその気があるのならと考えないわけではなかったが、圭之助の言葉で腹が決まった。

——梅之助を見つけても、けっして京に行けなどとは言うまい。

そう思った。

五

「先生、千鶴先生！」

足音を立てて早朝の診察室に入って来たのは、南町奉行所の同心、浦島亀之助《うらしまかめのすけ》と手下の岡っ引、猫目《ねこめ》の甚八《じんぱち》（猫八《ねこはち》）だった。

同心と言っても、浦島は町奉行所の花形である定町廻《じょうまちまわ》りや隠密廻《おんみつまわ》りではない。どちらかというと、同心の職務の中でも隅に置かれている定中役《じょうなかやく》だ。

どういう役目を担《にな》っているかというと、定町廻りをはじめ、忙しくて手の足りないところを手伝うという仕事だ。

手柄を立てれば定町廻りになれるなどと千鶴に助けを乞い、自身も発奮して一度は定町廻りの補佐役になっている。だが、あと一歩で念願の定町廻り本役になれる筈が、どうしたことか、また定中役に逆戻りしてしまったのだ。

亀之助は消沈したのか、このところ、治療院にやって来て無駄話をし、餅菓子《もちがし》を食べ、お茶を飲むのが遠のいている。

「まさか、お奉行所を首になった訳ではないでしょうね」

などとお道が言い、皆で案じていたところだった。

「朝っぱらから騒々しいわね」

お道は、心配していたそぶりなどこれっぽっちも見せずに、いつもの通り容赦《ようしゃ》なく叱る。

「それどころじゃねえんだって、先生、殺しなんですがね。どうやら毒を盛られているらしいんです。あっしたちでは判断がつきかねますのでお願いします」

猫八が興奮した顔で言う。

「困ったわね、まもなく診察なのに……」

「お手間はとらせません。定町の連中は他の調べで忙しくって、浦島、お前が責任もってやれ、なんて言うものですから……私も少しは手柄を立てないと、次は橋廻りにやられますから」

浦島亀之助は、手を合わせる。

千鶴も小伝馬町の牢医師《ろういし》の一人だ。町奉行所と関わりがある以上、無下に断ることも出来ない。

「検視が終われば、すぐに戻りますから」

お道に頼んで、浦島たちと治療院を出た。

足早に歩きながら、二人に殺しの状況を訊く。

「それで、殺されたのは誰なんですか？」

「桑島屋《くわしまや》っていう本所松井町《ほんじよまついちよう》に暖簾《のれん》を張る呉服屋の主で徳兵衛《とくべえ》という者です。殺されていた場所は、御船蔵沿いの路上でして……」

「ちょっと待って下さい。家の中ではないのですね」

「はい、桑島屋の内儀《ないぎ》の話では、昨夜は寄り合いで出かけたんだそうです。ところが夜半になっても帰ってこない。案じていたところ、今朝一報が入ったという訳でして……」

「寄り合いのあった店は？」

「深川清住町《きよすみちよう》の料理屋『梅《うめ》の屋《や》』だと聞いています」

亀之助は言い、遺体は検視が終わるまで、御船蔵前町《おふなぐらまえちよう》の番屋に留め置いているのだと言う。

果たして、番屋の土間に戸板に載せられた遺体が寝かされ、筵《むしろ》を掛けられていた。

「！……」

千鶴は遺体の側に腰を下ろした。猫八が素早く筵を引っぱがした。

徳兵衛の口も襟も胸元も、吐瀉物《としゃぶつ》で汚れていた。

「先生、いかがですか……」

浦島も千鶴の横に腰を下ろして、千鶴の横顔に訊く。

千鶴は遺体に顔を寄せて吐瀉物や口の辺りの臭いを嗅ぎ、他に致死に至るような傷はないかなど、体を丁寧《ていねい》に確かめたのち、

「浦島様、おそらくこれは、附子《ぶし》で殺されたんですね」

千鶴は言った。

「附子ですか、トリカブトですね」

浦島が聞き返す。

「そうです。トリカブトの根っこです。漢方医はむろん皆使っている訳ですが、生薬屋《きぐすりや》はこうした毒性の強い薬は、使用法を知らぬ者には販売しないものなんです」

「すると、生薬屋から手に入れたとすれば、たとえば医者の名を騙《かた》って購入したか、或《あるい》いは盗んだか、いずれにしたって、どのぐらいの量を盛ればどうなるかってことを知っている者だな」

猫八が頭を捻《ひね》って呟く。

「浦島様、まず調べることは、梅の屋での寄り合いに出ていた旦那衆の中に、体調を崩した者はいなかったかどうか……」

「はい」

亀之助は神妙に聞いている。

「会がお開きになったあと、お店を出る時、徳兵衛さんは一人だったのか、誰かと一緒じゃなかったのか……」

「そうですね」

亀之助は相槌《あいづち》を打つ。

「次に、徳兵衛さんは誰かから恨みを買っていなかったか……それともうひとつ、薬種問屋、生薬屋を当たって、不審な人間に附子を売っていないかどうか、それも調べてみて下さい。手が足りなければ、五郎政さんか清治《せいじ》さんに頼んでみますけど」

千鶴が五郎政と清治の名を出すと、即座に、

「いや、大丈夫です。助っ人は奉行所内で調達しやす」

猫八が断った。

五郎政は酔楽の弟子になる前は、両国辺りをぶらついていた、ごろつきだった

し、清治はというと、今は火付盗賊改方《ひつけとうぞくあらためかた》で手下をやっているが、その前は小銭稼ぎの盗人《ぬすっと》だった人間だ。

そんな二人を猫八は、これまでも馬鹿にし、毛嫌いしてきたから、手伝って貰うなんて考えるのも嫌なのだろう。

「旦那、遺体を引き取りたいって番頭がやってきやしたが、どうします？」

番屋の小者《こもの》が、外から入ってきて亀之助に告げた。

「先生、もうよろしいですね」

亀之助は千鶴の顔に伺ってから、

「かまわぬ。丁度《ちょうど》いい、聞きたいこともある」

小者に告げた。

「旦那様！……」

番頭たちは番屋に入って来るなり、徳兵衛の遺体に縋《すが》り付いた。

「なぜこんなことに……」

番頭は涙を流す。外には遺体を引き取りに来た手代たち四人が待機している。

亀之助は番頭には今少し番屋に残るよう言いつけて、手代たちに主の遺体を引き取らせた。

むろん千鶴も残って、番頭の話を聞くことになった。

「気の毒なことだが、必ず下手人《げしゅにん》を挙げなければ主の無念も晴らせまい。隠し事なく話してくれ。主は人に恨まれていたのではないのか」

亀之助の問いに番頭は顔色を変え、首を横に振って否定した。

「私が知る限り、ございません。主は努力の人でした。大伝馬町の呉服太物商『加島屋《かしまや》』さんで長い間奉公いたしまして、のれん分けをしていただき、本所松井町に桑島屋という店を構えたんです。江戸に奉公人はごまんとおりますが、暖簾を分けていただくなんてことは、なかなか難しいのです。開店してまだ七年、確かに資金繰りは大変ですが、人に恨まれるようなことはいたしておりません」

「そうか……覚えがないのか」

亀之助は肩を落とした。

だが千鶴は、説明する番頭の顔色を見ながら、番頭は何かを隠している、公《おおやけ》には出来ない秘密を抱えているのではないか、と思った。

千鶴の懸念《けねん》が現実になったのは、五日後だった。

診察を終えたところに、猫八がやって来た。

「先生、桑島屋徳兵衛ですが、どうやら博打場に足を入れていたようです」

猫八は顔を強《こわ》ばらせていた。

「お店の経営があまり良くなかったのかしら」

千鶴が問う。

「そうです。資金繰りに困って、あちらこちらの町の金貸しをかけずり回っていたようです。これは加島屋の番頭から聞き込んだことですが、徳兵衛は暖簾を分けて貰った本家の加島屋にも借金を頼んだようです。加島屋も一度は助けてやったようなんですが、加島屋から仕入れた商品の代金も焦げ付いているような状態で、近頃では加島屋も愛想を尽かしたようでして……」

千鶴は頷いた。そして尋ねた。

「梅の屋に集まっていた寄り合いのお客の中で、徳兵衛さんのように毒に当たった人はいなかったんですね」

「へい、それはありやせんでした」

「そう……すると、徳兵衛さんだけが狙われた。何時狙われたのか……梅の屋でなければ帰り道ということになりますが」

「帰りは一人で歩いて帰ったと店の仲居が証言しています」

猫八の報告では、徳兵衛が梅の屋からの帰り道、どこかに立ち寄った時に毒を盛られたか……とにかく梅の屋を出てからということだ。

附子は飲んだ量にもよるが、多ければすぐに死ぬ筈だし、或いは少し歩いた所で症状が出て来て死に至るということもある。

「猫八さん、ただひとつ確かなのは、量が少なすぎると強いさまざまな症状が出ても死なない場合だってあるということです。徳兵衛さんに毒を盛った者は、少なくとも致死量には精通していた筈です」

「わかりやした。今うちの旦那が手分けして、徳兵衛を殺したいほど恨んでいた奴を調べているんですが、あっしはこれから生薬屋を当たってみやす」

猫八は険しい顔で立ち上がった。いつもなら、お茶だ菓子だと言いながら、つまらぬ話で時間をつぶしていくのだが、別人のように顔つきが変わっている。

「それじゃあ先生……」

猫八は、慌ただしく帰って行った。

「なんだ、猫八じゃないか。何かあったんですか、先生……」

入れ違いに入って来たのは、五郎政だった。

「五郎政さん、出来てますよ」

奥からお道の声が掛かる。

五郎政は酔楽の腰痛の薬を取りに来たのだった。

つい先日のことだ。酔楽は庭に下りようとして、沓脱《くつぬ》ぎ石《いし》の上の下駄《げた》に足を載せた時、均衡《きんこう》を失って転んでしまったのだ。

幸い骨折は免れたが、腰をやられた。その夜から立てなくなって、腰痛の薬と貼り薬を五郎政は一度取りに来ている。

今日で二度目だが、どうやら痛みはまだ続いているようだ。

「流石《さすが》はお道っちゃんだ、ありがたい。ついでに昼をごちそうになって帰ります。親分に朝からこきつかわれて、朝ご飯もろくろく食べてないんですから」

と五郎政は千鶴の顔を窺《うかが》う。

「最初からそのつもりだったんでしょ。ついでにお竹さんにお願いして、おじさまにも何か美味《おい》しいものを作ってもらって、持って帰って下さい」

千鶴は笑って言った。

「へい、そうします」

五郎政は、台所の方に行きかけたが、また戻って来て、

「先生、求馬《きゅうま》の旦那が大坂勤番《きんばん》になったってご存じですか」

突然、旗本二百石、菊池《きくち》求馬の話が出た。

「いえ、知りません。近頃はお忙しいらしく、こちらにはいらしていませんから」

千鶴は驚いた。

菊池求馬は昨年、大番組《おおばんぐみ》加藤筑前守《かとうちくぜんのかみ》配下に勤めが決まり、以前の無役のようには自由がきかない。

桂治療院にも足が遠のいていて、千鶴はむろんのこと、お竹もお道も寂しいわねなどと話していたところだ。

大番組は将軍直轄《ちょっかつ》の軍団で全十二組ある。一組には番士が五十名いるのだが、求馬はそのうちの一つの組に属している。

これまでは江戸城西の丸や二の丸の警備についていたのだが、今年の春には上方に行くことになるらしい。

これを上方在番というのだが、十二組のうちの二組が京の二条《にじょう》城《じょう》の警備へ、もう二つの組が大坂城の警備につくと聞く。

任期は一年で格別の手当もつくが、これは順番になっていて免れることは出来ない。

「三月には出発するそうです。大坂在番ということらしいですよ」

五郎政は言った。

「では、お支度《したく》も大変ね……」

千鶴は病がちの求馬の母親のことが、ちらと思い出して案じられる。

母一人子一人で、常から寂しく暮らしている母親が、一年とはいえ頼みの息子がいなくなるということは、心細いに違いない。

「千鶴先生、求馬の旦那は、なんと組頭《くみがしら》を拝命《はいめい》したと聞いてますから、今の暮らしも楽になりやす」

「ちょっとちょっと、それ本当？」

奥から出て来たお竹が驚いて聞き返す。

「間違いねえようですぜ」

五郎政は嬉しそうに言う。

「千鶴先生、求馬様は今は二百石でしょ。それが組頭となれば三百石高御役料百俵、それに大坂在番の間は、百とか二百とか、すごいお手当があるって聞いていますから」

お竹が言えば、

「ついに殿様と呼ばれるようなご身分になるのですぜ。ただ心配なのは、上役の方に勧められて嫁取りなんてことにならないかって……」

五郎政は遠慮がちな視線を千鶴に送る。

「はい、話はそこまで。五郎政さんは向こうでお待ち下さい」

お竹が五郎政の言葉を遮《さえぎ》った。

「お竹さん、次の患者さんを」

千鶴は平静を装って診察を始めたが、やはり静かな動揺があるのを意識せずにはいられなかった。

六

翌日のことだった。千鶴は猫八から、

「至急お出かけ下さい。待っています」

という使いを貰って、本町《ほんちょう》にある薬種問屋『大淀屋《おおよどや》』に向かった。

桂治療院は大淀屋とは、これまでに取引が無い。ほとんどの生薬は、同じ本町だが『近江屋《おうみや》』から貰っていた。

それというのも近江屋の手代の幸吉《こうきち》は、桂治療院裏手にある薬園の世話をしてくれているからだ。

欲しい生薬があれば幸吉に頼んでいるから、自身が本町に生薬を買いに行くことは滅多に無い。

いったい何があったのか、徳兵衛毒殺に関わる証拠が何か見つかったのか。千鶴は急いで大淀屋に向かった。

「千鶴先生、大変なことになりました」

大淀屋の前で千鶴を待っていたのは、猫八だけではなかった。亀之助も待っていた。

「附子のことが分かったんですね」

千鶴は訊いた。

「分かったんですが、それが先生、大変なことで……とにかく店の者に直《じか》に聞いていただけませんか」

亀之助は妙な言い方をする。

千鶴の頭の中を不安がよぎった。

果たして、三人で店の中に入ると番頭が待っていた。

「番頭さん、この方が、桂治療院の千鶴先生ですよ」

亀之助が千鶴を紹介した。

「これはこれは恐れ入ります。先生の評判はずっと以前からお聞きしておりました。私どもも是非、お取引願いたいものだと思っておりました。ですからもう、そんな気持ちがこちらにあったものですから、うっかり信じてしまって」

番頭は青い顔で言う。

千鶴は、番頭の言葉に驚いて亀之助の顔を見た。

「千鶴先生、何者かが千鶴先生の名を騙って、こちらで附子を求めたようです」

亀之助は困惑した顔で言った。

「まっ、とにかくお上がり下さいませ。詳しくお話しいたします」

番頭の勧めで、千鶴たち三人は、大淀屋の座敷に上がった。

店の間口は三間ほどだったと思うが、奥に向かって長い家で、座敷に向かう廊下から、庭の奥にある白壁の蔵や、あちらこちらには茣蓙《ござ》が広げられていて、さまざまたくさんの薬草が干されている。

廊下にも部屋にも薬草の香りが漂っていて、この場所に立つだけで身体《からだ》が洗われて爽快《そうかい》になるように思えた。

すぐにお茶が運ばれて来た。このお茶も上等で、香りといい、まろやかさといい、絶品だった。

主は上方に出かけているとかで、番頭は断りを入れてから、

「あれは十日前でしたか、そろそろ店を閉めようかと思っていたところに、若い二人の男が店に入って来たのです……」

番頭は神妙な顔で告白する。

一人はまだ若い男で、少し気弱な感じがしたが、もう一人の男は、目の光の険しい男だった。

「何にいたしましょう」

手代が聞くと、

「私は桂治療院の千鶴先生の弟子で作太郎《さくたろう》といいます」

手代は桂治療院という名を聞いて驚いた。

すぐに帳場でそろばんを使っていた番頭に報告に来た。

番頭は慌てて店に出た。すると若い男が言った。

「千鶴先生が、是非この先も生薬を分けていただきたい、そう申しているのですが」

「願ってもない話です。桂先生にうちの生薬を使っていただくとなれば、どれほどありがたいことか……せいぜい勉強させていただきますとお伝え下さいませ」

番頭は声を弾ませた。すると若い作太郎という男は、

「本日は附子をいただきたいのですが……」

そう言ったのだ。

本来なら附子は、常から顔見知りの医師にしか販売していない。しかもその折には、帳面に印を貰うという念を入れての販売だ。

そのことを作太郎に告げると、

「私の拇印では駄目《だめ》ですか。困りました。今日のうちに買って帰らねば先生に叱られます」

困惑した顔で言ったのだ。

すると、一緒に来た男が、

「作太郎さん、他の店を当たろう。先生を信用してくれていないようだ」

などと耳打ちするものだから、番頭は思わず応じたのだ。

「分かりました。このたびだけは、あなたさまの拇印でお渡しします。そのかわり、桂先生には、近くに参られた時には、立ち寄っていただいて、先生の印もい

ただきたいとお伝え下さい」

二人の男は、ほっとして附子を手に帰って行ったのだ。

番頭は二人が桂治療院の者だと信じ込んでいたのだ。ところが今日になって同心と岡っ引がやって来て、附子で殺された者がいる、販売の時の身元確認はぬかりがないかと尋ねられ仰天したというのであった。

千鶴は、桂治療院と署名された文字を見ていたが、顔を上げて番頭に訊いた。

「この文字からは見当もつかないのですが、その若い作太郎という人の特徴を教えていただけませんか」

「特徴ですか……二十歳《はたち》になったかならぬかでしたな。弱々しい感じがして、そういえば手の甲に火傷の痕がうっすらと……」

「あったんですね！」

思わず大きな声を千鶴は上げた。手の甲に火傷の痕がある者を、千鶴は知っている。

――梅之助だ。

と千鶴は思った。作太郎と名乗った男は、梅之助に違いなかった。

千鶴はその日のうちに、勝治が暮らしている八名川町の長屋に向かった。

長屋の木戸を入ると、何軒かの家の戸口に、割竹《わりたけ》や出来上がったざるや籠《かご》が干してあるのが目に入った。そして路地には長屋の女房が二人、熱心に何か話し込んでいた。

千鶴は、二人の女房に近づいて、勝治の家を訊いた。

「そこそこ、いますよ勝治さん」

女房はすぐそこの家だと教えてくれた。

「勝治さん、千鶴です」

戸口の外から声を掛けると、すぐに家の中から土間に出て来る人の気配がして、戸が開いた。

「千鶴先生……」

勝治は驚いたようだった。

「梅之助さん、あれからここには帰って来ていないんですね」

千鶴は訊いた。勝治は頷き、

「どうぞ、ここは寒い。お茶でも淹《い》れます」

部屋の中に案内してくれた。部屋といっても九尺《くしやく》二間《にけん》の狭い長屋だ。土間と板の間と三畳の座敷がすべてだが、勝治は板の間で鳥籠《とりかご》を作っていた。

「普通の細工物《さいくもの》より高く売れるんですよ。今作っているのは、さるお旗本の鳥籠です。鳥籠さえ作っていれば、食うには困りませんからね。もっとも、女房もいない独り者ですから……」

勝治は笑う。

座敷の隅には出来上がった鳥籠が数点置いてある。美しい鳥籠だった。

勝治は火鉢の上で白い蒸気を上げている鉄瓶《てつびん》の湯を使って、千鶴にお茶を馳走してくれた。

「それで、梅之助はまだ見つからないんですね。あっしも時間を作って心当たりを探しているんですが、いっこうに梅之助の『う』の字も聞こえてきやせん」

「勝治さん、どうも大変なことになっていましてね……」

千鶴はこのところの騒動を勝治に話した。

「まさか……それじゃあ梅之助は、助けて貰った先生の名を利用して、人殺しの附子を生薬屋から買ったというんですか」

千鶴は頷き、

「信じたくはありませんが、間違いはないようです。それで行方を探しているのですが、ひょっとして勝治さんが何か摑んでいるかもしれないと思いまして、立ち寄ってみたんです」

「なんてぇことだ」

勝治はうなって目を見開いた。仁王《におう》のような目になっている。

「それが本当なら許さねえ。お咲さんは知っているんですか？」

勝治は訊く。

「いいえ、いずれ話さなくてはなりませんが、薬種問屋の件が分かったのが今日のことですからね」

「すると、梅之助が徳兵衛って旦那を殺したってことですか？」

「それもまだ判然とはしていません。ただ、手を貸したのは間違いないでしょうね」

「なんてことをするんだ。馬鹿者めが！」

勝治は握っていた火箸《ひばし》を、火鉢の灰の中に突き立てた。

「勝治さんが知らないとなると……まさかまた、あの回向院前の博打場に通っていることもないでしょうし……」

「しかし先生、奴は頼る人なんていない筈なんですがね」

二人はしばらく沈黙した。

途方もないところで立ち往生《おうじょう》しているように思える。

「梅之助が、殺したいほど恨みに思っている人がいたなどと、考えられねえ……」

ぽつりと勝治は呟き、また黙った。

「勝治さん、あの二人はここで暮らしていたことがあるんですよね。この世で肉親は二人だけになってしまった原因は何なんですか？」

千鶴は訊いた。

「流行病です。この長屋でも四人が亡くなったんですが、その中にあの二人の両親が……もっとも、母親はその何年も前から病がちだったし、父親も職を失って、病気になっても医者にかかる金さえなかったんでさ」

「まあ……」

千鶴は驚いて言った。

「そんな昔を抱えているお咲さんが、自分が金貸しになったら、臥せって命の危険にさらされている女の子の布団を、利子の代わりに剝ぎ取ろうとするなんて」

「いやぁ、まったく……あっしが片棒を担いだ話でございやすね。あの時はあっしも辛かった。そこまでしなくてもと言ったんですが、お咲さんは容赦がなかった。あっしはあれ以来、手伝ってやるのが嫌になりやして……昔はああじゃなかったのに」

大きなため息を勝治はつく。

「ああいう非道な話を聞くと、どんな子供の時代を送ったのかと思ってしまいますね」

千鶴は医者だ。多くの患者を診てきて、子供の性格を作っていくのは、間違いなく家庭だ、両親だと感じている。

親がだらしなくても、子供がそんな親の生き様を遠のけて、折り目正しい生き方をする人もいるにはいるが、子供にとって家族のあり方や暮らし向きの善《よ》し悪《あ》しは、人格形成に大いに影響してくるのではないか。

「貧乏を絵に描いたような一家だったんですよ、あの家は……」

勝治がまた話し出した。

「あっしの父親は竹細工職人だったんですが、母親も元気で外に稼ぎに出ていたものですから日々の暮らしには心配がありやせんでした。それで、時々あの二人の家族には米だ味噌《みそ》だと持って行ってましたが、そんなことで貧乏でなくなる筈

があ りやせん。貧乏から抜け出せないまま、あの二人の両親は、おっちんじまったって訳なんです」

両親が亡くなった時、お咲は十三歳、弟の梅之助は八歳だった。

大家をはじめ長屋の連中も、この幼い二人を育てなければと尽力したにはしたが、決して満足いくものではない。

お咲は、子守をはじめ皿洗い、掃除洗濯などなんでもやっていた。それらの手当で弟を育てたのだ。

勝治はお咲より二つ年上だ。お咲が辛い目に遭って悔し涙を流して帰って来た時には慰めてやった。また、愚痴を聞いてやったこともある。

そんな時お咲は、涙を拭き、愚痴も吐き捨てて気持ちが落ち着くと、

「勝治さん、あたしね、いつかあたしたちを馬鹿にした人たちを見返してやるんだ……今は藁《わら》をも掴む思いで暮らしてる、そんな当ても無いことをよりどころにするなんて馬鹿だと笑われるかもしれないけど、あたし、賭けてるんです。たった一本でいい、一本の藁を掴めれば、あたしと梅之助の人生は変わるんだと……」

勝治はそこまで話すと一呼吸置いてから、

「念ずれば通ずってことですかね、お咲さんは本当に一本の藁を摑んだんだ……」

苦笑して勝治は言った。

「それが、島村屋のご隠居のお妾さんね」

千鶴は言った。

「そうです。十七歳になって通いの奉公で島村屋に行っていたんです。そして当時まだ隠居前の旦那の身の回りを世話しているうちに深い仲になったって訳ですよ。島村屋は隠居するとすぐに、お咲さんと暮らすようになったんです。お咲さんにしてみれば玉の輿《こし》、梅之助の将来も、金をかけて医者にしてやれば安泰だと思っていた筈です。それがご存じの通り、ご隠居が亡くなり、梅之助が京から逃げて帰ってきたばかりか、殺人にまで荷担《かたん》しているとは……」

勝治は哀しげな顔でため息をつき、

「先生、あっしももう一度、梅之助を探してみます。見つけたら、すぐに先生にお知らせいたしやす」

きっぱりと言った。

七

千鶴が亀之助と猫八を伴って、桑島屋を訪ねたのは翌日の昼過ぎだった。

自分の名前を騙られて附子を買い、それで人ひとり殺されたとなると、もはや千鶴は傍観してはいられなくなった。

自身の疑いを晴らすためにも、この事件の真相を摑み、詐欺師《さぎし》や下手人をお縄にしてもらわなくては、腰を落ち着けて診察も出来ない。

「桑島屋の内儀で、おくらと申します」

桑島屋の座敷に通されて待っていると、番頭と一緒に内儀が部屋にやって来た。

中年の痩《や》せた女で、首に筋が通っているほど肉付きは悪かった。

番頭が、この方は旦那様の検視をして下さった方だと内儀のおくらに告げると、おくらは思い出したのか、また涙を流した。

桑島屋は主が亡くなった日から数日店は閉めていたようだ。だが今は暖簾を張っている。ただ、客は少なかった。

店の中もどことなく活気がない。それは奉公人にも言えることで、店が左前《ひだりまえ》だということが影響してか、どんよりした空気に包まれていた。

「率直にお聞きします。桑島屋さんは誰に何故、殺されなければならなかったのか……番頭さんは先だって、人に恨まれるようなことはないとこちらのお役人におっしゃったそうですが、それに間違いございませんか」

千鶴は、おくらの顔に、そして番頭の顔に問い質《ただ》した。

「はい、それはもう、先に申し上げた通り……」

番頭が最後まで言わないうちに、

「嘘偽《いつわ》りを申すと、そなたたちも番屋に来てもらうことになりますぞ」

亀之助が厳しい口調で言った。

番頭はびくりとして口をつぐんだ。

「この店が借金漬けになっていることは、もう調べ済みだ。殺された旦那は金策に走っていた……。暖簾を分けてもらった加島屋にも愛想を尽かされて、町の金貸しにも相手にされなくなっていた。博打場に足を向けていたのではという話もある」

亀之助は容赦なくたたみかける。

いつにない亀之助の迫力に、千鶴は驚いていた。

番頭と内儀のおくらは、ちらりと視線を合わせたが、口を開く気持ちはないようだ。

「お前さんたちが口をつぐんで話してくれねえようなら、下手人を探しようがねえんだ。旦那の敵《かたき》は討てねえ。それでもいいんだな」

猫八も口を添える。

「おかみさん……」

番頭が目配せすると、おくらもようやく決心したのか、

「お恥ずかしいことですが、おっしゃる通りでございます。にっちもさっちもいかなくなっておりまして……お話しいたします」

おくらは弱々しくそう言うと、桑島屋徳兵衛の近頃の様子を話した。

誰にも頼ることが出来なくなった桑島屋徳兵衛は、最近は賭場に出入りするようになっていた。

ところがその賭場にも多額の借金を作って、二日とおかず督促《とくそく》する遊び人がやって来る。

すると、それを見たお客に、桑島屋はいかがわしい店だと思われたか、客足は

ますます遠のいていく。

確かに安易に賭場に出入りして、一攫千金《いっかくせんきん》を狙おうというのも思慮のないことだが、借金の額が倍々になっていくのを知り、徳兵衛は腹を立てていた。

そこで徳兵衛は、浪人二人を雇って番頭と賭場に乗り込み、サイコロはいかさまだった。倍々になっていった借金は白紙にしろ、そう言って脅したのだ。

こっちだっていざとなったら、店も自身も抛《なげう》つ覚悟だ。そうなれば、お前たちの悪行を町奉行所に訴えてやる。わしには町奉行所に知り合いの役人がいるのだからなと。

賭場も元締めも、流石に刃《やいば》をつきつけられては、下手《へた》に言葉を返せない。

脅しは成功して、賭場の借金は白紙となり、証明書を書かせたのだ。

それが殺される五日前、梅の屋への寄り合いは安心して出かけたのだが、毒を盛られるとは考えてもみなかった。

内儀のおくらと番頭は、代わる代わるそう説明した。

亀之助は、大きく息を吐いた。

やくざ顔負けの徳兵衛の言動を聞いて呆れているのだ。

「その、賭場というのは何処の賭場ですか……番頭さんは知らぬ筈がありませんよね」

千鶴は、番頭の顔を睨んだ。

「はい……」

番頭は一呼吸置いてから、決心したのか告白した。

「旦那様が行っていた賭場は三ヵ所でした。ひとつは諏訪町《すわちょう》の賭場、これは川端《かわばた》通《どお》りの仕舞屋です。もうひとつが深川門前町の小料理屋の二階、そしてもう一ヵ所、これは回向院の門前町にある賭場でした」

「回向院の門前町にあるって、まさかその賭場は清徳という人が胴元の……」

千鶴が終《しま》いまで言う前に、

「そうです。清徳です。あの男は悪党ですよ」

番頭は憎々しげに言った。

驚いたのは千鶴である。

桑島屋を出ると、亀之助と猫八に言った。

「清徳の賭場には梅之助さんが出入りしていたんです」

二人は千鶴の言葉に絶句して顔を見合わせた。その時だった。

「千鶴殿……」

向こうから凛々しい羽織《はおり》袴姿の求馬が近づいて来た。

「探していたんだ」

求馬は険しい顔で言った。

「私も一度お目にかかってお話を伺いたいと思っていました。今春大坂に向かわれるとお聞きしております」

「その話なら、まだ時間がある。俺もその時が来たら、千鶴殿にお会いしたいと考えていた。だが今日はその話ではない。異な噂を聞いたのだ。薬種問屋の大淀屋で桂治療院の名を出して、附子を買った男がいるらしいな」

求馬は案じ顔だ。

「まことの話なのか……」

「はい、思いがけない事態です。その附子を使って殺人まで起こしています。ですからこうして、浦島さんたちの探索に加わらせて貰っているのですが……」

まだ肝心な証拠は摑んでいないのだと千鶴は告げた。

「そうか……」

求馬は思案の顔で、

「早く決着をつけなくてはなるまい。俺が話を聞いたのは近江屋だったが、もはや附子の話は広がっている。桂治療院の今後に差し障《さわ》りとなる。俺にも詳しい話をしてくれんか」

千鶴は頷いた。

そして求馬を近くの小さな神社に誘い、これまでの経緯を詳しく話した。

「一刻を争う話だな。よし、俺も協力しよう」

求馬の言葉に、亀之助は言った。

「ありがたい、是非よろしく」

「はい、食前に一杯どうぞ」

お竹は、夜の膳の上に、ギヤマンの盃に入れた物を置いた。

「あら、これは何?」

千鶴が訊く。

「梅酒です」

「えー、梅酒なの……」

お道は、盃を掲げて、ギヤマンの盃ごしに覗いてみる。

「おいしそう、琥珀色《こはくいろ》っていうのかしら。この盃にぴったりね」

ギヤマンの盃は、往診をした大店の主から、病気快癒《かいゆ》のしるしに、お礼だと言って手渡されたものだ。使うのは今夜が初めてだが、

「でもこの梅酒、お竹さんが作ったの？」

千鶴は目を丸くする。

「はい、私が作りました」

お竹は二人に胸を張って見せてから、

「今年の春に、梅干しを作ろうと思って八百屋《やおや》さんを訪ねた時、梅酒を作ってみませんか、美味しいですよって教えてもらったんです」

「へえ……いつの間に、どうやって作ったんです？」

千鶴が感心して訊く。

「はい、伝授いたしましょう……」

お竹は、八百屋の親父《おやじ》さんから聞いた手順を二人に話した。

まず用意するのは、そこそこ大粒の梅の実を二升《しょう》、三年ものの古酒《こしゅ》五升、白砂糖七斤《きん》（一斤は七百グラム）、稲藁《いなわら》の灰汁《あく》一升。

手順は、梅を桶《おけ》に入れて灰汁を加えた水に一晩漬ける。翌日梅を取り出してひとつずつ布でよく拭き取り壺《つぼ》に入れる。そして用意してあった酒と砂糖を合わせ

て壺に入れ、密封しておくのだ。

一月《ひとつき》もたてば飲めるが、長く置けばまろやかになる。

「お正月にと思っていたのに、ほら、大晦日《おおみそか》の晩に患者さんが運ばれて来たでしょ。それですっかり忘れていたんです」

「流石はお竹さんね」

お道の言葉に千鶴も相槌を打った。三人は互いの顔に笑みを送りながら、梅酒を口に含んだ。

「甘くて美味しい、これならいくらでも飲めそう」

お道は、くいっと飲む。

「駄目です。それ以上飲んだら酔っ払ってしまいますからね。今夜は千鶴先生もお疲れのようですし、少しは気持ちを楽にしてほしいって思ったものですから……」

お竹は、何も言わなくても、じっと見守ってくれているのだ。

「ありがとう、お竹さん」

千鶴は言った。

確かに近頃熟睡した覚えがない。

利用されたとはいえ、桂治療院の名で附子を購入されたということに、千鶴は相当神経質になっている。

今夜だって求馬に会わなかったら、猫八と回向院門前町の博打場に乗り込むところだったのだ。

だが求馬が、千鶴は一度出向いていて顔が割れている。それに、たちの良くない男たちと渡り合うには、いかな小太刀《こだち》を使えるといっても命の危険だってある。回向院門前町には、俺と猫八が行く。千鶴にそう言ってくれたのだ。

「また考えてる」

お道の声に千鶴は我に返った。

「大丈夫、求馬様なら間違いない、きっとうまくいく筈です」

お道は言う。

「そうですよ先生、しっかり食べて。そうじゃないと患者さんの診察、出来なくなりますよ」

お竹は、膳の上に乗っている魚に箸を付けろと勧めるのだ。

「あの賭場が、桑島屋殺しに関わっているのは間違いない。でも、梅之助さんが何故危険なことに手を貸したのかと……」

千鶴は合点《がてん》がいかないのだ。

「先生、梅之助さんがここで働いたのは、わずか半日だったけど、私が見たところでは、声を掛けても上の空で、相当心が屈折してるなって思ったんですよ」

お道は、魚をせせりながら言う。

「でも、いくらなんでも、附子がどういう生薬か分かっている筈でしょ。その薬を、ここの名を騙って手に入れるなんて信じられない。露見《ろけん》したら、その罪の重さがどれほどのものか知っている筈です。毒薬の使い方は、医術の勉強をする者にとって、いの一番に習うことですものね」

「でも先生、梅之助さんと決まった訳じゃないでしょ」

お竹が訊く。

「ええ、そうだけど、私は梅之助さんだと思っています」

きっぱりと言った千鶴を、お竹は怪訝な目で問う。

「お道っちゃんは気づいていたかもしれない。梅之助さんの左手の甲には、幼い時のものだと思うけど、火傷の痕があったんです」

お道は頷いて言った。

「はい、気づいていました、晒しを畳んでいる時に見たんです」

「その傷痕が、附子を求めた男の手にあったと分かっているのです」

「！……」

お道は、驚いたようだった。むろんお竹も、息がつまりそうな顔で千鶴を見ている。

「間違いないね、梅之助だ……なんて馬鹿な」

お道は苦々しい顔で言った。

その頃、求馬と猫八は、回向院門前町の賭場にいた。

求馬は着流しの浪人風、猫八はそこいらの職人の姿だ。

二人は盆の隅で皆が賭けるのを眺めていたが、

「眺めていたって面白くねえだろ……やらねえのかい？」

近くに座っていた中年の男が誘う。生業《なりわい》は分からなかったが、場数を踏んでいることは、その挙動から察せられた。

「いや、実を言うと人を探しているんでさ」

猫八はそう囁《ささや》き、素早く用意をしてきた包みを男の袖に落とすと、

「旦那は、梅之助っていう若造が、ここにいたことは知っているかね」

耳元で訊いてみた。

「ああ知っているとも」

男は首を振り、

「奴はここが宿だったんだ。近頃じゃあ胴元《どうもと》の世話をしていたようだが、十日ほど前に見たきり見てねえな。だけど、なんで探しているんだい？」

怪訝そうな顔で訊く。

「なあに、おふくろさんが心配しているんだ。ここにいたら、首根っこを押さえてでも連れ帰ってきてくれって頼まれてね」

すると男は、ひゃっひゃっと面白そうに笑ったのち、

「あの男に訊いてみな、仙造《せんぞう》っていう男だ。胴元の清徳の子分の一人だ。梅之助はいつもあの男から手下のように使われていたからな、奴なら知ってるんじゃねえか」

男は奥の方で見張り役をやっている、どっしりした体つきの三十前後の男を顎で指した。

「ありがとよ。で、あの男、仙造もこの賭場に住み着いているんですかね」

猫八はそつなく訊いていく。

求馬は、それをじっと見詰めている。

「いや、仙造には女がいるんだ。だからねぐらはここじゃねえ、女のところだ」

男が教えてくれたのを潮に、求馬と猫八は博打場を出た。

そして賭場を開いている店を、隣の店の軒下《のきした》で張り込んだ。

頃は夜も四ツ近く、二人の近くを酔っ払いが管《くだ》を巻いて帰って行く。

夜風は冷たかった。

「少しぐらい、いいでしょう。体を温めましょう」

猫八は青竹に酒を入れ、腰につけて持参していたのだ。猫八は先に求馬に飲ませ、次に自分の口に流し込んだ。

時の鐘が夜の四ツを打ち終わる頃、梅之助を子分のように扱っていたという仙造がようやく表に出て来た。

仙造は、まず左右の薄闇に目を凝《こ》らして確かめてから、襟に首を引っ込めるようにして足を踏み出した。

求馬は猫八に頷いて合図すると、すっと仙造の前に回って通せんぼをした。

「なんですか旦那……あっしに何か用でもあるんですかい」

仙造は、ぎょっとしたようだ。

「少しつきあってくれんか。訊きたいことがあるのだ」

求馬は浪人の強面《こわもて》の顔で訊く。

「なんだよ、ここで訊きゃあいいじゃねえか」

仙造は、そう言いながら後ずさる。

すると今度は猫八が、ぐいと歩み寄って仙造の背後に立った。仙造を求馬と挟むようにして立ったのだ。

「な、何の真似だ！」

仙造は求馬の顔を窺ったのち、後ろを振り返って猫八を見た。そしてあっとなった。

猫八が十手《じって》を抜いて突き出したからだ。

「あ、あっしが何をしたっていうんですか……」

「番屋まで来てもらいたいのだ」

猫八は、じりっと寄る。

「番屋に行くようなことはしてねえって」

仙造は媚《こび》を売るような笑いを浮かべた。

「訊きたいことがあると言っているだろう」

求馬は仙造の手首をぐいと握った。

「いてて、放してくれ」

「言うことを聞け、さもなくばお前は小伝馬町送りになるぞ」

「旦那、そんな無体《むたい》な……」

仙造は苦笑いしたが、求馬の険しい顔色を見て諦めたのか、大人しく従った。

求馬と猫八は、仙造を近くの番屋に連れ込んだ。そこには亀之助が待っていた。

ぎょっとする仙造を、三人は三方から取り囲むように腰を落とすと、

「おめえの名は仙造、そうだったたな。やい仙造、これから質すことに正直に答えなければ、どうなるか分かってるな」

まず、仙造に脅しを掛けたのは猫八だった。

仙造は声にならない声を上げて肩を丸めた。まさか名前を知られているとは思わなかったようだ。

「ずばり訊こう。清徳は金のもつれで桑島屋徳兵衛を毒殺した、そうだな」

質したのは亀之助だ。

「知らねえ、そんな話は初めて聞きやした」

仙造はシラを切るが、

「お前が清徳の子分だってことは分かっているんだ。清徳は再三に亘《わた》って借金を返せと桑島屋を脅していたらしいが、逆に桑島屋に脅された。しかも、貸した金はチャラにさせられてしまったんだ。さぞかし怒りも大きかったに違いない。だから清徳は、見せしめのために桑島屋を殺したんだ」

「本当に知らねえんだって」

仙造はふてくされた顔を背けた。

だがその顔に手を掛けて、ぐいと自分の方に向け、顎を摑んだまま猫八は訊く。

「いま旦那がお前に話したことは、もう知れていることだ。薬種問屋大淀屋で薬を手に入れたことも分かっている。大淀屋の店に姿を現したのは二人だったらしいが、うち一人は梅之助だった」

「！……」

仙造の目が恐怖で揺らいだ。

「梅之助と一緒に、大淀屋に行ったのは、おめえだろ？」

「まさか、知らねえよ」

「まあ、それはいずれ分かるだろうよ。梅之助が出てくれれば、奴に吐かせればいいんだ……ところで仙造、梅之助は今どこにいるんだ？　まさか口封じをしたんじゃあるまいな」

「奴がどこでどうしているのか、知らねえって」

「てめえ！」

猫八がすごむが、仙造は口を一文字に閉じている。

「ちっ」

猫八は、手を掛けていた仙造の顎を、突き放した。

亀之助の目が、どうしたものかと求馬に問うている。それを受けて求馬は言った。

「仙造、あの賭場は間違いなく近々手入れが入る。清徳以下、よくて遠島《えんとう》だ。お前もただではすむまい。それでよいのか……お前には大切な女がいるんじゃなかったのか……」

「！……」

仙造の顔色が変わった。

「協力してくれたら、お奉行所だってそれなりの温情を掛けてくれる筈だ……こここにいる三人が、お前は協力的だったと証言しようじゃないか」

「旦那……」

仙造が顔を上げて求馬を見た。

「女の腹には、あっしのガキが……ちくしょう」

仙造は頭を掻きむしる。

「よく考えるんだな。温情か、遠島か……ただし、明日になれば大番屋に移される。そうなれば小伝馬町送りは間違いない」

求馬はそう言って立ち上がり、亀之助に頷いた。

「縛り付けて奥の部屋に入れておけ」

亀之助が小者に命じたその時、

「待ってくれ」

仙造が声を上げた。

八

朽《く》ちかけた全景三百坪ほどの無人の寺に、うっすらと雪が積もっている。

葉を落とした木々、それに巻き付いた葛《くず》、伸び放題に伸びて枯れてしまった茅《かや》の株《かぶ》があちらこちらに見え、合間を縫ってシダの葉が雪の間に青い葉を突き出している。

雪に覆われていても、荒れるに任せた寺の様子は、閑散とした情景からも窺える。

いつからこの状態になったのか、どう見ても長い年月放置され続けてきたに違いない。

ところがこの荒れ寺の境内《けいだい》に、筵を被った男が雪を踏んで入って来た。

さく、さく……男が踏む雪の音は力が無く、その足下《あしもと》は覚束《おぼつか》ない。

男はゆっくりと歩を進めると、敷地の奥の、表からは見えにくい一角に膝をついた。

辺りは一面雪で覆われていて墓石《ぼせき》がある訳ではない。

男は顔を上げて、一角に伸びている枝を確かめる。枝は梅の木のようだ。その枝に一輪の花を見つけて立ち上がり、そっと花に手を添える。

その梅の木から見てあの辺りだと、男はそこで目測《もくそく》してから、視点の場所に膝をついた。何も見えない真っ白なその場所に、男は呼びかける。

「おっかさん……おとっつぁん」

男は呼びかけながらむせび泣く。

雪の中に手をついて泣くその男の顔は、皆が行方を探している、あの梅之助だった。

梅之助は直《す》ぐにその辺りの雪を掻き退け始めた。がっがっと力を入れて掻く。先ほどの弱々しい足取りが嘘のように、力一杯雪を掻いていく。

だがその手はまもなく真っ赤になって、時々息を吹きかけながら、更に雪を退《ど》けて行く。

「！……」

何かを見つけたようだ。

梅之助の目に見えていたのは、大鍋の蓋《ふた》ほどの平たい丸い石が二つ、並んで有る。

梅之助は二つの石に手を合わせた。

その脳裏に、幼い梅之助と姉のお咲、それに勝治の父親と長屋の男二人、総勢五人が大八車《だいはちぐるま》に両親の遺体を乗せてやって来た時の様子が蘇《よみがえ》る。

ここはその当時から無人の寺で、梅之助の両親ばかりか、いくつもの無縁仏を葬《ほうむ》った跡があった。

この時代、火葬に出来ないことはないのだが、それには相応の金がいる。金のない者は無縁仏にするしかない。

だがその無縁仏も、回向院の無縁墓に入れるのに抵抗のある者たちは、勝手に荒れ寺など見つけて葬っていたのである。

それは田舎の者たちが、自分の畑の隅っこや山肌に葬るのと同じ感覚だった。

梅之助の両親も、流行病で亡くなった時、

「いつかきっと、おっかさんとおとっつぁんの墓を建ててみせる。だからそれまでの辛抱なんだよ、梅之助」

お咲はそう言って、長屋の者たちが回向院を勧めても頑として聞かず、人知れずこの荒れ寺の敷地に葬ったのだった。

だが、いまだに両親の墓を建ててはいない。

「お前が医者になるのが先だよ。おっかさんも、おとっつぁんも、待っていてくれるから」

お咲はそう言って、稼いだ金のすべてを梅之助に仕送りしていたのだった。

梅之助は手を合わせて父と母に語りかけた。

――敵《かたき》をとったぜ、おとっつぁん、おっかさん……おとっつぁんを貶《おとし》めた富之《とみの》助《すけ》殺しに手を貸したんだ。早く報告に来たかったけど、奴らは今度はこの俺を消そうとしているんだ。口封じに、俺を殺そうとしているんだ。

梅之助は唇を噛《か》んだ。つくづく己の浅慮《せんりょ》を恨めしく思うのだった。

桂千鶴のところで働くのは、やはり梅之助には辛かった。

自分と変わらぬ年頃の、それも女のお道が、診察もするし薬の調合もやる。てきぱきと動くその姿を見て、一層自分の不甲斐《ふがい》なさを感じていた。

そこに仙造が姿を現したのだ。厠《かわや》に行った時だった。

「おい、梅、探したぜ……」

裏木戸の向こうで仙造が手招いていたのだ。そして仙造は、

「親分が戻って来いって言ってるぜ。なあに、博打をしたけりゃあさせてやる。金のことはもう言わねえ。遊べばいい。その代わり、親分の世話をしろとな」

そう言ったのだ。

梅之助は一も二もなく、上着を脱ぎ捨てて仙造に従った。

親分の清徳は、人が変わったように梅之助を迎えてくれた。

――その代償が……。

附子を手に入れるということだったのだ。

梅之助はむろん、断った。だが仙造の話を聞いて決心をしたのだ。

——殺す相手が、おとっつぁんを酷い目に遭わせた男だと聞いたからだ。

おとっつぁん、富之助は名前を徳兵衛なんぞというたいそうな名前に変えて、店を構え、主におさまっていたんだぜ。

梅之助は手を合わせて報告する。

ただ、敵をとったものの、追われる身になった梅之助には逃げる場所がない。上方にでも逃げたいものだが、逃げるための金がない。

——江戸から逃げるためには、盗人でもしなきゃあ逃げられねえんだよ。姉さんにも迷惑かけたくないんだ。

梅之助は途方にくれているのだった。

その時だった。背後で、がさっという音がした。

ぎょっとして梅之助は立ち上がる。辺りを見渡すが人の影はない。だが、確かに気配はある。梅之助の顔は、恐怖で覆われていく。梅之助は、裏手に走って消えた。

足音は梅之助が今いた場所に近づいて来た。勝治だった。

勝治は、石の墓のまわりの雪が掻き分けられているのを見詰める。

——梅之助……。

勝治は顔を上げて、辺りを見渡した。足跡が裏手に向かって続いているのを見つける。

その足跡を勝治は追うが、崩れた裏の土塀で、足跡が消えているのを知り、呆《ぼう》然《ぜん》と立ち尽くした。


「梅之助がまさか……先生、間違いないんでしょうね」

お咲は千鶴から、梅之助が附子という猛毒を手に入れて殺人に荷担したのは間違いないと知らされて、しばらくは言葉も出なかった。

腹の痛みも遠のいて、床も上げ、仕事を始めようかと思った矢先に、衝撃的な話を千鶴の訪問で知らされたのだ。

「薬種問屋の人たちの話から、毒薬を購入したのは梅之助さんだと私は思っていましたが、昨夜毒薬殺しの探索をしているお役人が参りまして、はっきりいたしました。仙造という博徒の口からも、梅之助さんが手を貸したことが明らかになったそうです」

千鶴は言った。

「……」

お咲は愕然《がくぜん》として言葉も出ないようだ。気の毒だがここははっきりと伝えて、梅之助の所在を突き止めなくてはならないのだ。

実は昨夜のこと、千鶴は求馬の訪問を受けている。

その時求馬は、番屋で仙造という博徒を問い詰めたところ、大淀屋で附子を手に入れたのは、梅之助と仙造だったと自白した、そう言ったのだ。

また梅之助と仙造は、附子を砕《くだ》き粉にして、懐紙に包んで清徳に渡したらしい。

清徳は、賭場に多額の借金をしている遊び人や道楽者たち三人を呼び集めてそれを持たせ、桑島屋徳兵衛が寄り合いから帰るのを待ち伏せさせて、路地に引き込み、無理矢理飲ませるよう指示したのだと言う。

清徳は自分や子分たちが直接手を下すのは避けたかった。そこで金の返済に困っている者たちを集めて、言うことを聞けば返済無用だなどと甘い言葉を掛けたらしい。

どうやら、仙造も梅之助も、直接殺しには加わっていないようだった。だが清徳は、大淀屋が調べられ、梅之助の素性《すじょう》が知れたらしいとの情報が入ると、今度は梅之助の始末を考えるようになったようだ。

仙造はそれを察知して梅之助に姿を隠すよう強く言ったのだという。

——清徳や子分たちがお縄を掛けられるのは時間の問題だが、その者たちの罪を証言してもらうためにも、梅之助は重要な人間になってくる……。

だから千鶴も、お咲に事の次第を告げ、梅之助の立ち寄りそうなところはないか、また何か連絡はなかったか、それを知るためにお咲の家を訪ねたのだった。

「弟さんは勉強を中断して帰って来たとはいえ、仮にも医術を勉強して人の役に立ちたい、病を治してやりたいと思っていた人です。そんな人が、何故悪事に手を貸すようなことをしたのか。附子を手に入れた時から、不審を抱いていた筈です。残念でなりません」

「……」

お咲は呆然として目もうつろだ。

離れて座って話を聞いていた女中のおしかが、大きくため息をついてから言った。

「先生、梅之助さんは、虫も殺せぬ優しい性格だったんです」

千鶴はその言葉に頷いた。それは想像に難くない。

「馬鹿な子、なにもかも、なにもかもこれでふいになってしまった……あたしたち姉弟の夢は消えてしまった……いったいあの子は、誰を殺す企《たくら》みに乗ったんだろ」

お咲は呟くように言う。

その呟きには、なにもかも失って哀しみと途方にくれる姉の心情が窺えた。

「桑島屋徳兵衛という人です。加島屋から暖簾分けしてもらって店を持った人です」

「先生、今なんておっしゃいましたか……」

生気を失っていたお咲の目が、きらりと光った。

「知っているんですか、桑島屋を？」

驚いて訊いた千鶴に、

「知っているも何も、あいつは親の敵も同然！」

お咲は険しい顔で言い放った。

「お咲さん……」

「先生、あいつは人間の屑《くず》ですよ。あたしたち一家が貧乏のどん底に落ちたのも、あいつのせいなんです」

お咲は怒りに震える顔でそう言うと、話し始めた。

「あたしのおとっつぁんは、加島屋で働いていたんです。手代と番頭の中間、小《こ》頭《がしら》でした。当時富之助と名乗っていた徳兵衛も同じ小頭として働いていたんです。いずれどちらかが番頭になる、皆にそう言われていました……」

二人は共に得意先回りをしたり、反物の管理や集金など多岐《たき》に亘《わた》って任されていた。

どちらかがしくじりをすれば、その競い合いに負ける。本人たちも周りの者も、どちらかが失態をするのではないかとぴりぴりしていた。

そんなある日、金箱《かねばこ》の金と帳面の残高とが十両合わないことに、お咲の父親は気づいた。

その日は帳場にお咲の父親が座って金の集計をしていたのだ。

一方の富之助は、得意先の集金を終え、明細と集金袋を、お咲の父親に渡したのだ。

他にも集金して来た手代が二人いたが、その二人については、その場で互いに集金額を確かめている。

ところが富之助の時は、富之助がすぐに次の仕事にかからなければならないなどと言うので、袋ごと預かって互いの確認は怠《おこた》ったのだ。

十両収支が合わないのは、富之助の集金袋だと思ったお咲の父親は、富之助にそれを告げたが、富之助は怒りにまかせて、お咲の父親をののしったのだ。

「ねこばばしたか、計算違いか……人のせいにしないでくれ」

お咲の父親はむろん反論したが、富之助は主に訴えたのだ。

主は決着をつけるために苦肉の策に出た。

奉公人たちの持ち物を調べることにしたのだ。それも奉公人同士、相手の荷物を調べさせたのだった。

すると、お咲の父親が常々持ち歩いている巾着《きんちゃく》から十両の金が出て来た。

お咲の父親は何かの間違いだと否定したが、店を追い出されて無職になってしまったのだ。

それからの父親は、自分は嵌《は》められた、許せないと繰り言を言い、酒に明け暮れる毎日だった。

あっという間に僅かな蓄えは底を突き、おまけに流行病に冒されて、お咲の母親まで道連れにして亡くなってしまったのだ。

「それが、あたしたち姉弟が貧しくて苦しい暮らしをすることになった始まりなんですよ、先生……」

話し終えたお咲は、そう言ってから、

「だからあたしたち、どんなことをしてでも這い上がってやる。いつかあいつに、一矢報《いっしむく》いることができるのならと、梅之助と話していたんです。まさかそれが……」

千鶴は、息を整えて言った。

「梅之助さんは、徳兵衛は富之助だと気づいていたのかもしれませんね」

九

翌日のこと、南町奉行所では清徳一味を一人残らずお縄にするために、与力《よりき》の青山十兵衛《あおやまじゅうべえ》の指揮のもと、亀之助など同心小者が二十人ほどで、回向院の賭場に入った。

青山十兵衛は容赦のない捕り物をするので有名だ。逃げようとする者は捕まえて打ち据え、匕首《あいくち》など出して刃向かう者には同心も刀を抜いて、その手首を斬り落としてもよいとまで指示、実際そのようにさせた。

清徳などは、よってたかって寄棒《よりぼう》で打ち据えられたようだ。

梅之助の姿が、そこになかったのは言うまでもない。

捕らえられた者七名全員、すぐに大番屋に送られて、早速今日から与力の取り調べが始まる。

桑島屋徳兵衛に誰が直接手を出したのか、殺害時の詳細も調べるうちに分かってくる筈だ。

あとは行き方知れずになっている梅之助を探し出すことだった。

手分けして探しているのだが、やはり頼りは勝治だった。

その勝治から、梅之助が荒れ寺に立ち寄った形跡があると聞き、千鶴は勝治に連れられて荒れ寺にやって来ていた。

まだあちらこちらの日陰や枯れ草の中に雪は残っていて、勝治が案内してくれたお咲と梅之助の両親の墓の辺りも、梅之助が掻き分けたと思われる雪が残っていた。

「梅之助がやって来たんです、間違いねえ」

手を合わす千鶴に、勝治は言った。

——こんな寂しいところに……。

千鶴は辺りを見渡して思った。

「他にどこか立ち寄りそうな所、勝治さんは覚えていませんか」

千鶴は言った。

「へい、随分あちらこちら探しやした。もうどこを探してよいのやら、あっしにも……」

勝治も途方にくれている。

二人は黙然《もくねん》として寺の門に向かって歩いた。

「あっしのところに来てくれればいいんですがね」

勝治はぽつりと呟く。

門の外に出ると、もう雪の残骸《ざんがい》はどこにも見えなかった。日の光が家並みを照らし、子供たちが凧を手に一方に駆けて行った。

「待ってくれよ、約束だろ、秘密の場所に連れてってくれるって！」

体の小さい男の子が、皆の後を追いかけながら叫ぶと、

「内緒だからな」

年嵩《としかさ》の男の子が立ち止まって、体の小さな子に言った。

「分かってるよ」

「約束しろよ、誰にも言わないって」

年嵩の子が言ったその時、並んで歩いていた勝治がふいに立ち止まった。

「先生、一ヵ所だけ、まだ探してないところがありやした」

「行ってみましょう、そこに……」

千鶴の返事を受けて、勝治は自分が住んでいる八名川町の近くにある弥勒寺に千鶴を連れて行った。

弥勒寺は千鶴も知っている。和尚とも話したことがあった。

だが勝治は、広い弥勒寺の境内から林の奥に入って行く。千鶴も遅れないように後を追った。

「あそこです」

林の中の小さな丘に洞穴《ほらあな》のような物が見える。立って入れる穴ではない。高さは半間、つまり三尺より心もち高いくらいの穴だった。

「昔あそこに入って梅之助と遊んだことがありやす」

勝治は小さな声でそう告げると、足を忍ばせて洞穴に近づいていく。

「！……」

穴の中に筵が見えた。それが動いた。

勝治は走り寄って、

「梅、いるんだな？」

声を掛けると同時に、筵を捲《めく》った。

「か、勝兄《あにい》……」

梅之助は青白い顔をしてうめくように言った。体を丸めて寒さと闘っていたらしく、衰弱して唇も紫色になり、ぶるぶると震えている。

「勝治さん、駕籠を呼んできて」

千鶴の言葉に、勝治は寺の外に飛んで行った。

「ち、千鶴先生……すみません」

おずおずとした目を、梅之助は千鶴に向けた。

「清徳たちは皆捕まりましたよ。あなたはとにかく、その体を元に戻して。訊きたいこともいろいろあります。分かっているでしょ」

見詰めた千鶴に、梅之助はこくりと頷いた。

千鶴は梅之助を、桂治療院に連れて帰った。まず診察をと思ったのだ。

果たして診察したところ、命に関わるほどの衰弱をしていた。あのまま番屋に連れて行って大番屋から小伝馬町へと移されたなら、きっと大変なことになっていただろうことは想像できる。

千鶴は勝治の力を借りて、梅之助の体を拭き、着替えをさせ、粥《かゆ》から始める食事をさせた。

それも今日で三日、梅之助は若いこともあって、すっかり元の体に戻っていた。

この間に千鶴は梅之助に何も訊かなかった。いずれ元気になれば調べられることは分かっている。

正直に自訴《じそ》すれば、罪が軽減されるのは間違いない。

ただ、今は大番屋に移されている仙造もそうだが、それ相応の罰は受けねばならぬ筈だから、娑婆《しゃば》にいるのもあと僅《わず》かだ。

それが分かっているからこそ、千鶴はこの間、何も梅之助に訊かなかったのだ。

当の梅之助も、元気を取り戻してくると、時々考え込む様子が見られた。

「また、姿をくらますようなことがあれば、罪はもっと重くなる。気を付けて下さい」

千鶴は勝治に伝えていた。

勝治はまるで兄のように梅之助に接していた。どれほど梅之助の心を癒《いや》してくれたことか、千鶴は感心して見ていた。

そして今日、いよいよ町奉行所の同心が、梅之助を迎えに来ることになった。姉のお咲にも、そのことは伝えてある。

罪が軽くなっても刑は受けねばならないから、姉と弟は今度こそ長い間会えなくなる。

梅之助は朝食が終わると、膝前の膳を脇に退《よ》けた。そして千鶴の顔をしっかりと見詰めて、

「先生、先生には命をお助けいただいて、お礼の申しようもございません。その俺がしたのは、心を掛けてくれたこの治療院の名を騙って附子を手に入れたことでした。どのようなお咎めを受けてもいい、俺は覚悟しています。先生にはもう二度と会えないかもしれません。ですからこの場をお借りして謝ります。申し訳ございませんでした」

梅之助は頭を畳につけた。

「梅之助さん、これからあなたがしなければいけないのは、自分が言ったこと、見たこと、聞いたことを、嘘偽りなくお役人に話すことです。そうすることで苦しんでいる心が救われる筈……」

「はい……」

梅之助はうつむいて聞いている。

「お竹さん」

千鶴が目配せすると、お竹が縫った下着を梅之助の前に置いた。

「お竹さんが縫ってくれましたよ。綿入れの肌着です。まだまだ寒いですから持って行きなさい」

梅之助は両手で取り上げて、じっと見詰める。

「梅之助さん、遅かれ早かれ小伝馬町に送られると思います。その時に、肌着の襟に縫い込んである一分金《いちぶきん》が役に立ちます。十枚ほどちりばめて縫い込んであります。牢の中でうまく使って牢の難から逃れなさい」

千鶴は言った。小伝馬町の牢医師として、牢内で起きる新入りに対する厳しい仕置きを知っているからだ。

要領の悪い者や体の弱い者、金づるを持たずに牢に入った者は、その激しい仕置きによって命を落とす者さえいるのだ。

梅之助の目から、大粒の涙がこぼれ落ちる。

その時だった。

「梅之助……」

お咲が浦島亀之助と猫八に連れられてやって来たのだ。

「姉さん……」

腰を浮かして中腰のまま凝視《ぎょうし》した梅之助に、お咲は足をもつれさせて近づくと、

「何故こんなことに……」

梅之助の前で泣き崩れた。

「……」

梅之助は、力なく腰を落としてうつむいた。

お咲はしばらく泣いた。だがやがて、化粧の剝げた顔を上げると、梅之助ににじり寄った。

「梅之助……」

梅之助の肩を摑むと、揺すりながら言う。

「何処で何が間違ってたの、梅之助……言って頂戴《ちょうだい》……あんた、姉さんに不満があったの、そうなの？」

「……」

肩を揺すられるがままの梅之助だ。

「いくら姉さんに不満があったとしても、医者になる勉強は、姉さんのためじゃない、お前自身のためなんだよ。そうでしょ……それを放り投げて帰って来て、あげくの果てに人殺しの手伝いをするなんて、お前はいったい、何を考えてるのさ……」

「……」

「お前が恩ある千鶴先生の名を騙って附子を手に入れたことで、桑島屋徳兵衛が殺されたんだってね……」

梅之助は顔を背けた。

「確かにあいつは、おとっつぁんの敵だよ。忘れもしない、おとっつぁんが罪を着せられて加島屋から暇を出されて帰って来た時のことを……姉さんは忘れてないよ。おとっつぁんはね、ちくしょう、ちくしょうって悔し泣きをしていたんだよ。だからおっかさんも、おとっつぁんがそれから酒に溺《おぼ》れても、何も言わなかったのさ。おとっつぁんのことだ、そのうちに頑張って働いてくれる、そう思っていたんだと思うよ。だけど、酒にやられて弱っていた体は、流行病に抵抗できなかった。あっという間に酷いことになって、看病していたおっかさんまで病に倒れて、二人して亡くなってしまったんだ……二人ぼっちになって、あんたとあの長屋で抱き合って泣いた時、あたしは思ったんだ。富之助は許さない。どこにいても呪《のろ》ってやるって……だからね、もし敵をとるのなら姉さんがとるんだよ、そうだろ、あんたがね、医者になるのは、あんただけの夢じゃないんだから、姉さんの夢なんだから……おとっつぁんや、おっかさんの夢なんだから……嘘偽りを並べて、おとっつぁんを貶めて、うちの家庭をめちゃめちゃにした富之助への反撃でもあるんだから……おとっつぁんがおっちんで、ざまあみろと富之助は思っていたかもしれないけど、その子供たちが人も羨《うらや》む暮らしを手に入れる、それこそ、あいつを見返すことになるんじゃないの、梅之助。だから姉さんは、どんな苦労も引き受けて来たんだよ、お前を立派な男にするために……爺さんの妾になり、人に後ろ指さされるようなあくどい金貸しまでしてさ、金を作ってきたんだよ。すべて、あんたのためじゃないか……あんたに送る金をつくるために生きてきたのに」

お咲は次第に涙を伴った叫び声になる。

「先生……」

お道が千鶴の顔を見たが、千鶴は首を横に振った。

千鶴はこれまで二人に接して思っていた。二人は今まで向かい合って話したことがあったのだろうかと――。

姉のお咲は弟を思い、弟の梅之助も姉を思っているのは間違いないが、だがその互いの思いは、どこかで齟齬《そご》を来《きた》していたのではないか。

だからこそ、今、互いの心をぶつけ合っておかなければ、この先の道に、二人とも一歩も進めない。

千鶴はそう感じて、二人の様子をじっと見守っているのだ。

お咲は、反応のない弟に苛立《いらだ》っていた。

「あんたはもう忘れたのかい……藁をも摑む思いで、なんて言葉があるけれど、思いだけじゃあだめだ。藁一本でいい、摑まなきゃ、摑んでやるって誓ったのを……」

「やめてくれよ姉さん。姉さんは藁一本を摑んだために、人を思いやる気持ち、貧しい人に寄り添う気持ちを忘れてしまったのか……両親が亡くなって二人ぼっちになった時、姉さんは恨み言を言ってたじゃないか。この世に、一人でもあたしたちの哀しみを聞いてくれる人がいたら、どんなに救われるかって……」

「梅之助！」

「俺は、千鶴先生に巡り会って、ああ、医者はこうあるべきなのだと気がついたんだ。貧富に関係なく手を尽くす、貧しい人からは金は取らない、そればかりか身の回りのことにまで目を配ってやっている。千鶴先生は金儲けのために医者になったんじゃない。病に苦しむ人たちを助けたい、その一心なんだ。ところがこの俺は、医者になりたくもないのに京に上って、医術の勉強を始めたんだ。姉があくどいことをして儲けた金で医者になるなど、今考えたら恥ずかしい……」

「梅之助……」

お咲は驚いていた。従順で無口で、自分の感情など口に出したことのない梅之助が、お咲にきっぱりとした口調で告げているのだ。

「もっとも、自分がどれだけ無能な人間か分かっている。江戸に帰っても金を稼げる腕も知恵もない。一時しのぎにと賭場に足を踏み入れたのがあとのまつり、一度抜けられたと思ったが、また引き戻されてこの始末だ。姉さん、俺はもうおしまいだ」

「そんなことがあるものか」

お咲が叫ぶ。だが梅之助は、

「ごめんよ、姉さん」

小さく頭を下げると、じっと待って見守ってくれている亀之助と猫八に近づき、両手首を差し出して、

「お願いします」

梅之助は言った。そして千鶴の方を見た。

千鶴が小さく頷くと、亀之助が、縄を掛けた梅之助を連れて部屋を出て行く。

「待って！」

お咲が這うようにして背後に近づき、

「姉さんは、待ってるから……」

梅之助の背中に言った。

梅之助はその言葉を、しっかりと聞いていた。だが振り返ることはなかった。

亀之助に連れられて去って行った。

「ああっ……」

泣き崩れるお咲に、千鶴は歩み寄って膝をつき、

「お咲さん、きっと帰ってきますよ、きっと……」

お咲の背中に手を置いた。

第二話　桜狩《さくらがり》

一

「一、二、一、二……」

酔楽は、庭に立って膝を曲げる動作を繰り返してから、

「どうだ、もう案ずることはあるまい。千鶴の貼り薬が効いたのは確かじゃが、まだまだわしも若いと自信が出て来た……」

縁側で様子を見守っている千鶴と求馬に、酔楽は嬉しそうな声を上げた。

「もうひと花咲かせられるって言ってますぜ」

二人にお茶を淹《い》れながら、五郎政が笑って言った。

酔楽は長い間腰を痛めて、千鶴が貼り薬を出していた。それが、気温が暖かく

なるにつれて痛みは無くなった、一度様子を見に来いと千鶴と求馬は連絡をもらったのだ。

「お元気なのは結構だけど、五郎政さん、変な女の人と関わりを持って大騒ぎしないように、ちゃんと見ていて下さいね」

千鶴の苦笑に、

「分かっていやす。なに、あんなことをおっしゃっていますけど、貧乏医者を相手にしてくれるような優しい女なんかいやしません。本気かと思ったら有り金だけ取られて肘鉄砲《ひじでっぽう》、何度酷《ひど》い目にあっていることか……」

千鶴は苦笑して、求馬と顔を見合わせた。

「でもあっしが感心しているのは、そんなことがあってもですぜ、親分は諦《あきら》めないんです。てえしたもんです」

五郎政もクスクス笑ったが、それが聞こえたのか、

「おい、五郎政、何か言ったか？」

酔楽は、足の曲げ伸ばしを止めて言った。

酔楽が立っている小さな庭の片隅には、桜の木が蕾《つぼみ》を膨《ふく》らませている。

「いえ、皆感心していやす」

五郎政の言葉に、酔楽は満足したように、今度は両足を開いて、両手を大きく回し始めた。

――何はともあれ、元気でいていただきたい……。

今や酔楽は父とも思える存在だ。

笑みを浮かべて眺める千鶴は、落ち着いた縹色《はなだいろ》の地に、裾《すそ》に小花を散らした小袖《こそで》を着て、丸帯《まるおび》を文庫に結び、きりりとした娘姿だ。

いつもの医者の姿ではなかった。千鶴にしては珍しい艶やかな姿に、男たち三人もどことなく心が弾んでいる様子である。

――良かった、こんなに心穏やかな一日を得られるなんて……。

千鶴は、しみじみと思った。

実は千鶴が、こうしてくつろいでいるのには訳があった。

先月から月に三度、五のつく日を休診日としたのである。

以前から治療院は患者が増えるばかりで休日が取れず、いつか自分もお道も倒れてしまうのではないかという不安があった。

なんとかしないと、そう思っていたところに圭之助がふらりとやって来た。

千鶴は圭之助と、医事についていろいろと意見交換をしているうちに、日々の診察に忙殺《ぼうさつ》されて、読みたい書物も手に取れないし、気になっている治療を今少し探求したくても時間がない。つい日々の苦悩を漏らしたところ、それなら休診日を設けてはどうなのだ、自身のためにも患者のためにもそれがいい、圭之助はそう言ったのだ。

間違いのない診断をするためには、医師自身が心身共に健康でなければならない。心に余裕がなければ正確な判断は下せない。医者の仕事は、ひとつ間違えば患者の命に関わるからだ。

圭之助の言葉は千鶴の心に沁《し》みた。ただ、休診日を設ければ、いつでも診て貰えると思っていた患者に不安を与えるのではないか。

だが圭之助は、心配は無用だと言い、

「休診するのは気がかりだというのなら、千鶴さんに代わって私がここに待機してもいいですよ」

圭之助はそう言ってくれたのだ。

「でもそれじゃあ、圭之助さんが困るでしょ」

遠慮がちに言った千鶴に、

「なに、私などは暇すぎて困っていますから……それに、某《なにがし》かの手当をいただければ私も助かります」

そう言って笑ったのだ。

圭之助の話では、自分のところはまだ患者は数えるほどだ。

母のおたよに安心して暮らしてもらうためには、今少し稼ぎが欲しい。口入れ屋《くちいれや》にでも何かいい仕事はないか尋ねるつもりだったというのである。

千鶴は圭之助の話を聞いて即決した。

――圭之助の腕なら、千鶴の留守中にどんな患者が飛び込んで来ても、何の問題も心配もない。

圭之助は全幅《ぜんぷく》の信頼を寄せられる医者だ。願ったり叶《かな》ったりだと思ったのだ。

以後千鶴は、と言っても先月からだが、五のつく日は圭之助に治療院を頼んでいる。

だからこうして遠くまで、ゆったりとした気持ちで出かけて来られるのだ。

圭之助のお陰で、お竹も古い友人たちに会いに出かけられるし、お道も久しぶりに実家に帰ったりと、少しゆとりを持った暮らしが出来るようになった。

一方の求馬だが、こちらは大坂在番の日を来月に控えている。

出発前一月《ひとつき》ほどは準備のための休日となっているらしく、こちらも酔楽に呼ばれてやって来ていた。

求馬の出《い》で立《た》ちも、今日は着流しではなく羽織袴だ。昔と違って、どこかお旗本の凜々《りり》しさや威厳が窺《うかが》えるのは、千鶴だけではない筈だ。

ひととき縁側でお茶を飲みながら、酔楽の健康自慢を聞いたのち、五郎政が頼んでいた仕出し料理が運ばれて来て、四人は昼間から盃を交わし始めた。

「しかしなんだな、求馬が大坂に行ったら寂しくなるな。こうして盃を重ねることも出来なくなる。千鶴、お前はどうなんだ?」

酔楽は酔いが回っている。

「おじさま……」

「求馬はどうなんだ……お前、まさか大坂で妻を娶《めと》って帰って来るなんてことを考えてはいまいな」

「まさか、ありませんよ」

求馬は苦笑する。

「まあいい、年寄りが口を出すことではないからな」

酔楽はぐいと飲み干すと、盃を膳に置き、今度は千鶴の顔をとらえて言った。

「千鶴、お前はこたびの御目見得《おめみえ》医師人選の中に入っているぞ」

「まさか、冗談は止めて下さい」

千鶴はころころと笑った。

御目見得医師とは、身分や所属に関係なく、業績の優れている医師を必要に応じて抜擢《ばってき》するもので、役料なども なく待遇は決まっていない。

ただ、この御目見得医師から奥医師などに昇進する者もいる。町医者にとっては垂涎《すいぜん》の的《まと》、候補に上るだけでも名誉なことだ。

「お前の業績について、わしにもお尋ねがあったのじゃ。わしも推薦《すいせん》しておいた。千鶴をおいて他にいないとな」

「おじさま、突然に何をおっしゃるのでしょう。牢医が御目見得医師に推挙《すいきょ》される筈がありません」

千鶴は姿勢を正して苦笑した。あまりにも酔楽の話は突拍子《とっぴょうし》もない。

この頃は医者も身分格式を問われる時代となった。

それが証拠に、もう随分前だが、さる御武家に往診を頼まれたのだが、千鶴が小伝馬町に出入りしていると知ると、体を清めて往診に参れ、などと命じる始末。

むろん千鶴は往診を断ったが、

――御武家の妻女も、また牢内にいる女も、同じ人間だ。

何をもってその肌に高貴だとか汚れがあるとか言えるのか、そのような考えそのものが千鶴には納得出来ない。

万に一つ、千鶴が選ばれたとして、身分の高い武家たちが牢医だった千鶴に脈を取ってほしいと思うのか、はなはだ疑問だ。

あり得ない話だと千鶴が笑うと、酔楽はいよいよ真顔になって、

「お前は先月、亀戸《かめいど》の梅園《ばいえん》で武家のご老女を手当したのを覚えているか……」

千鶴に尋ねた。

「はい、それは覚えています。お供の御女中たち三名ほどと梅見にいらしていたようなんですが、癪《しゃく》を起こして苦しんでいるところに、私が通りかかったものですから……でも」

それが御目見得医師推薦と関わりがあるのかと千鶴は驚いた。

その日千鶴は、お道と往診の帰りに梅園に立ち寄ったのだ。

「たまには先生、いいでしょ?」

などとお道に誘われ、それなら通り抜けして帰ろうということになった。

ところが、梅園の中ほどまで巡った時、癪で苦しんでいる老女を目撃し、千鶴

とお道は走り寄った。

側で色を失っておろおろしている御女中衆を見て、千鶴はその老女が身分の高い武家の人だと思った。

その老女に病状を訊いたのち、千鶴は近くに見えている茶屋に運びこむことを提案した。

力を合わせて老女を抱えて茶屋に運び込むと、千鶴は痛み止めを飲ませ、落ち着くまで側で見守った。処方に間違いがなければ、痛みは和《やわ》らぐと思ったのだ。

果たして、薬はよく効いた。半刻（一時間）ほどで痛みは治まり、老女は笑顔を見せてくれたのだった。

千鶴は自分の名と治療院も告げ、よろしければお薬をお届けしましょうかと訊いてみた。すると、

「もしやそなたは、桂東湖《とうこ》殿の娘御《むすめご》かの？」

老女は驚いて訊いてきたのだ。

千鶴は怪訝《けげん》な顔で頷《うなず》いた。すると、

「そうか、そなたが東湖殿の娘御か……」

老女は感慨《かんがい》深そうに口走ると、

「千鶴殿と申されたたな。実は昔、東湖殿には私の夫の病を治してほしいと往診を頼んだことがあるのじゃ……」

老女はそう言ったのだ。

出入りの医者に、夫の命はあと僅《わず》かなどと厳しいことを告げられて、父の東湖に救いを求めたのだという。すると、父東湖が薬を調合するようになって、夫は一時期見違えるように元気になった。

あの時、父東湖に診てもらわなかったら、しばらくの語らいの時間もなかったと老女はしみじみと言い、

「しかし、その娘御に私も助けてもらうことになるとは、縁があるのじゃな……」

娘か孫を見るような目で、老女は千鶴を見た。

翌日千鶴は老女から訊いていた旗本の屋敷に薬を届けたのだが、その広大な屋敷に驚愕《きょうがく》したのであった。

千鶴が手当をした老女は、旗本五千石、現在御留守居《おるすい》を拝命している神代和泉守正俊《かみしろいずみのかみまさとし》の母、増世《ますよ》だったのだ。

座敷に通され、千鶴は増世とお茶をいただいたが、

「この先も、そなたに往診を願う日があると思うが、よしなに頼みますぞ」

増世は親しげにそう言ったのだ。

「一月も前のことでございますが……」

増世との出会いを千鶴が話し終えると、

「さよう」

酔楽はそんなことは知っていると言わんばかりににやりと笑ってから、

「その増世様が御留守居の倅殿に、お前のことを話されたようじゃ。女の医者で、それもシーボルトの特訓を受けていると分かり、それならば是非……特に大《おお》奥《おく》に病人が出た時には、女の医者の方が何かとありがたいとな」

「……」

千鶴は呆気にとられて酔楽の顔を見ている。

「なに、まだ推薦という段階だからな。大目付《おおめつけ》だった下妻大和守《しもつまやまとのかみ》にも尋ねてみたが、最終決定は誰になるかは分からぬと言っていた。何人かの推薦があり、その中から選ばれるらしい」

「千鶴先生、すごいじゃねえですか。求馬の旦那がご出世なさったと思ったら、今度は千鶴先生だ。そうなりゃ親分も鼻が高いというものだ」

千鶴は笑って言った。

「私は牢医も兼ねています。きっとそんな話、私のところには参りません」

「いや、そのことは承知の筈だ。決まるようなら牢医は断ればよい。牢医も勉強だと思ってわしも勧めてきたが、もう十分だろう」

酔楽は言った。


千鶴と求馬が酔楽の家を出たのは八ッ（午後二時）を過ぎていた。

酔ってほてった頬を風に当てながら、二人はゆっくりと歩いた。

求馬の昇進と大坂在番の話、そして千鶴の御目見得医師に推挙されているらしい話、いずれもめでたい話ではあるが、どうあれ長い間離れて暮らすことの寂しさが胸を締め付ける。

日常の忙しさに追われている時には、求馬の存在を忘れている時もあったのだが、だがそれは、いつでも声を掛けられる場所に求馬がいるという安心の上に立ってのことだ。

千鶴は今、自分たちの側を通り過ぎた町娘たちの姿をちらと見てから、

「春らしくなりましたね」

微笑《ほほえ》んで求馬を見た。

町娘たちは何処《どこ》かの早咲きの桜を見に行っていたらしく、結《ゆ》った髷《まげ》に、まだ五分咲きの桜の枝をかんざし代わりに挿《さ》している。

二人は行き交う人に視線を流しながら、まもなく町の通りに出て来た。

息詰まるような思いで黙々と歩いて来たが、見渡せば店の軒《のき》が連なり、人通りも多く、繁華な場所に帰って来て内心ほっとしていた。

「しかし、千鶴殿……」

求馬が突然、話を切り出した。

「酔楽先生の話だが、あなたは大したものだ。御目見得医師になれば、お役料はないようだが、そこから奥医師への道は開けてくる。そうなればますます千鶴殿とは遠くなるな。俺のことを忘れないでもらいたいものだ」

「求馬様……」

千鶴は立ち止まった。

「それは私が求馬様に申し上げたい言葉です。求馬様はどんどんご出世なさいます。私などは近づけなくなります」

「馬鹿な……」

求馬は苦笑する。

「それに、私のことですが、おじさまの話はありがたくお聞きしましたけれど、私は今のままが良いのです。奥医師になろうなどという気持ちはございません……」

二人はまた歩き出した。千鶴は歩む足下《あしもと》を見ながら言った。

「それより求馬様、一年もこの江戸を離れるなんて、母上様のことが心配なのではありませんか」

「うむ、おっしゃる通りだ。それが一番気にかかる」

「ご出世なさって女中衆など奉公人も多くなるとは存じますが、私でよろしければ何でもいたします。遠慮なくおっしゃって下さいませ」

千鶴は求馬の横顔に言った。

「ありがたい」

求馬は立ち止まった。千鶴も立ち止まって求馬に頷いた。

「千鶴殿、実は母上のことをそなたに頼みたいと思っていたのだ。だが多忙な様子を見て口に出せなかった。これで安心して大坂に行ける」

求馬の言葉には千鶴への思慕が窺える。

――求馬様の私への心は、少しも変わっていないのだ……。

千鶴が密かに胸をなで下ろした時、

「一年後にこの江戸に戻って来たその時には、俺は千鶴殿に話したいことがある」

求馬は、熱い目で千鶴を見詰めた。

「求馬様……」

千鶴が見つめ返したその時、近くの店で食器の割れる大きな音と怒鳴《どな》り声が聞こえてきた。

はっと視線をその店に移した千鶴と求馬は、飯屋《めしや》から叩き出される浪人の姿を見た。

「冗談じゃねえぜ、金がねえ?……いくら侍《さむらい》が偉い世の中とはいえ、ただ飯食らって、はい、さようならってぇ了見《りようけん》が通るのかい」

飯屋の主《あるじ》と思われる大男が、地面に転げた体をよろりと起こした侍に毒づいた。

侍は姿勢を整えると、

「すまん、飯代は後日必ず持参する。それまで待ってくれ」

頭を下げて謝った。

すると、店から覗いていた町人たちが、

「親父、やっちまいな。いつもこちとら、頭を下げさせられてんだ」

やれやれ、とっちめろと背後からけしかける。

浪人は激しく咳《せき》をする。病んでいるようだ。

「ちっ、とっとと失せろ、流行病《はやりやまい》を移されちゃあかなわねえや」

親父が睨《にら》み据えて店の中に引き返そうとしたその時、浪人の目が光った。すっと刀に手を掛ける。

「あぶねえ！」

客たちが大声を上げた。刹那《せつな》、千鶴と求馬が走って来て、

「止せ！」

求馬が浪人の腕を摑んだ。そして飯屋の親父に言った。

「親父、子細《しさい》はそこで聞いていた。この男の飯代は俺が払う。それで気を静めてくれ」

千鶴が間髪《かんはつ》を容《い》れずに代金を支払った。

「ふん」

主は鼻を鳴らして店の中に戻って行った。

「あんなことで町人に刀を向けるのは止せ。身の破滅だ」

摑んでいた手首を放すと、

「おぬしのような者に俺の気持ちは分かるまい。金もない、何もない。明日の命さえ分からぬ」

浪人は眉間《みけん》に古傷のある顔で、きっと求馬を睨んでから背を向けた。

「お待ちなさい」

千鶴が呼び止めた。

「病んでいるのではありませんか」

浪人は振り返った。

「今更《いまさら》惜しい命ではない。そう思っていても腹は減る。先ほどは飯代を、すまぬ」

そう答えて踵《きびす》を返し去って行く。

千鶴も求馬も、痩《や》せて疲労がへばり付いた浪人の背中を黙って見送った。

二

「先生、近頃ここに月に三日ほど、男っぷりのいい先生がやって来ているって本当ですか？」

浦島亀之助は、千鶴に脈をとってもらいながら訊く。

「静かにして……」

脈を読むことに集中している千鶴に叱られる。

代わりにお道が言った。

「圭之助先生っておっしゃる方ですよ。腕も確かな先生ですから」

「あらら、お道っちゃんが褒《ほ》めるなんて、どうなっているのやら」

横から猫八が、笑って言う。

「静かに……はい、口を開けて」

千鶴は亀之助に言う。すると亀之助は嬉しそうな顔で、

「あーん」

口を開けた。

「ちっ、きったない口の中を見せて」

猫八が呟《つぶや》いた。

「猫八、お前、俺にむかってそんなことを言うのか」

亀之助は猫八をきっと睨む。

「ちょっと、静かにしないと帰ってもらいますよ！」

千鶴が一喝《いっかつ》した。二人は一瞬肩をすくめてしゅんとなった。

「先生、次の方を呼びますね」

お道の声に、

「ちょっと待ってよ、お道っちゃん。朝から喉が痛くってやって来たんだから」

亀之助が泣き声を出す。

「心配いりませんよ、お薬を出してあげますから、次の方」

千鶴が告げるが、その千鶴にまだ縋《すが》るように、

「先生、やっぱり二、三日は安静にして役宅で横になっていた方がいいですかね」

亀之助は真剣な顔で訊く。

それを聞いたお道が、ぷっと笑った。

「もう、なんだかんだ言ってお仕事から逃げようと思っているんでしょ。そんな程度で休んでいたら、本当に橋廻りにされるんじゃないかしらね」

容赦《ようしゃ》のない言葉を送る。

「お道っちゃん……」

亀之助は苦笑した。

橋廻りとは同心の中でも、使いものにならないはみ出し者や老人に与えられるお役目だ。

十手の代わりに木槌《きづち》を手にして、あっちの橋、こっちの橋の欄干《らんかん》や床を叩いて、腐食《ふしょく》や傷みを探し、必要なら修理する仕事だ。

「確かにお道っちゃんの言う通りだ。先生のお陰で、毒殺事件を解決したって褒《ほ》められて、もう一歩で定中役から花形の定町廻りになるかもしれねえって時に、うちの旦那は風邪をひいちまって、まったくしまりがねえんだから……」

猫八が嘆く。

それは先月の事件だったが、千鶴たちが気に掛けていた梅之助は、人足寄場送《にんそくよせば》りになっている。

遠島《えんとう》なら島で命を落とす者が多い中で、人足寄場なら三年でご赦免《しゃめん》になる道もある。

ひとまずほっとした千鶴たちだったが、あの事件を解決したとして、浦島亀之助は金一封を貰っている。

ここでもう一押《ひとお》し手柄を立てれば、浦島亀之助の印象は、更によくなるに違いないのだ。

「こう見えても、私だって次に打つ手は考えているんですよ。先生、これはまた先生に御手助《おてだす》けをお願いするかもしれないんですが、日本橋《にほんばし》に居を構える町医者が殺されましてね」

亀之助は、懐紙《かいし》にチンと鼻をかんでから言った。

「町医者が……」

「はい、先生はご存じかどうか、田中清吉《たなかせいきち》という医者です」

「清吉先生……確か本道《ほんどう》（内科）の先生でしたよね」

千鶴は言った。

「そうです。近頃人気が出て来た先生のようです。特に幼児を抱えた人たちが押し寄せていたようなんですが、往診の帰りを何者かに襲われて……」

「まさか辻斬《つじぎ》り？」

お道が訊く。

「それもありえます。首に刀傷《かたなきず》を受けて絶命していました。ただ、懐《ふところ》にあった財布はそのままだったんです」

亀之助は首を傾げる。辻斬りならば懐の物は奪って行くのではないかというのだ。

千鶴は頷いた。

「物取りが目的ではないのですね。すると他に何か理由があるってことなんでしょうが……」

つい千鶴も、医師殺害と聞いて、話に引きずられていく。

「先生、次の方、よろしいですね」

お竹が聞きに来る。千鶴は頷き、亀之助から視線を外すが、亀之助はまだ言い足りないらしく、

「調べはこれからなんですが、清吉先生は評判が良いというので人気がありました。つい最近も、と言っても十日ほど前ですが、御目見得医師に推挙されたと先生は喜んでいたようなんです」

そう千鶴に告げて立ち上がった。

「待って、浦島様」

千鶴は、待合に引き上げようとした浦島亀之助を呼び止めた。

「御目見得医師に推挙されていたという話に、間違いはありませんか」

「はい、先生のお内儀にも確かめています。私も知らなかったのですが、御目見得医師というのは、町医者をやりながら必要な時にはお城に呼ばれるそうですね。末はお役高《やくだか》をいただくような医者になれると、町医者なら推挙されただけでも大変な名誉だというのです。ただ、推挙されたと言っても、清吉先生だけじゃないようですから。何十人か何人かは分かりませんが、そのうちの一人で、まだ正式に通知を貰った訳じゃないようですので……」

「……」

千鶴は、御目見得医師候補だということに、妙にひっかかりを覚えていた。

「先生……」

亀之助の呼びかけに、千鶴ははっと我に返って、

「あっ、じゃあ、お大事ね」

次の患者と向き合った。

その日、千鶴とお道は、本所相生町《あいおいちょう》の横町に小さな看板『萩《はぎ》の屋《や》』と掛かっている店に向かった。

看板と言っても板切れに店の名が書かれてあるだけの、いわば目印程度のものだ。

商っているのは女の春。こちらはお上《かみ》の目を盗んでの商売で、女将《おかみ》はもと吉原《よしわら》にいた遣《や》り手《て》でお喜多《きた》と名乗る海千山千《うみせんやません》の五十近い女だ。

そして商《あきな》いの駒《こま》となっている女たちは、近く遠くからやって来るトウシロの女たちだ。

暮らしに困って必要な金を稼ぎに来る女たちで、稼ぎたい時に店にやって来る。家族に内緒の女もいれば、亭主公認の女もいた。

皆に共通しているのは、金に困っているということだ。ただし、だからといって女郎宿《じょろうやど》に身売りして、その身を拘束されても良いなんてことは考えていない。宿に束縛《そくばく》されるのは避けたいが、どうしても必要な金がいる。そんな女たちを斡旋《あっせん》している宿だった。

千鶴はこの宿に、月に一度は何がなくても立ち寄っている。それは女将のお喜多の希望だった。

「男相手の商売は体を壊してはおしまいだからね。元気で、無理をしないで続けてほしい、あたしゃ暗い部分を見続けて来た女だから、余計にそう思うんだよ。まっ、あたしも大儲《おおもう》けしようなんてことは考えていないから、食べていけたらそれでいい、そう思ってこの商いを始めたのさ。だから女たちとは持ちつ持たれつ、先生、よろしく頼みますね」

お喜多のそれが口癖だった。

千鶴もお喜多の商売がお上の目を盗んでのことだと分かっているが、診察しながら女たちの事情を知るにつけ、ただ単に違法だなんだと声を上げることが出来るのかと思っている。

「先生、ようこそ」

今日もお喜多は愛想良く千鶴を迎え入れた。そして小女《こおんな》に指図して、二階に待機していた三人の女たちを階下に連れて来た。

「なんでもいいんだよ。体に不安がある人は先生に診てもらうといい」

お喜多は言って、長火鉢《ながひばち》の前で長い煙管《キセル》で煙草《たばこ》を吸い始めた。

月のものが不順だとか、お腹の調子がよくないだの、それぞれいろいろと不調を訴える。

ひと通り診察を終え、千鶴はお道と店を辞したが、いくらも歩かないうちに、後ろから声を掛けられた。

振り返ると、先ほど診察した女の一人が追いかけて来た。二十四、五の、確かお初《はつ》とかいう女だったと覚えている。

「先生、相談したいことがあります。病気のことではないんですが……」

神妙な顔で近づいて来た。

「なんでしょうか？」

「私、私、好きな人がいるんです。気持ち、打ち明けたくても、私、自分のやってること考えたら言えなくて……でも、苦しいんです、先生……」

悲壮な顔のお初である。

「先生、すぐそこにお汁粉屋《しるこや》があります」

お道が気をきかせて言う。千鶴はお初を誘って汁粉屋に入った。

千鶴とお道は、お初を囲むようにして座ると、汁粉の注文をし、

「お役に立てるかどうか、話をお聞きします」

人の恋路を手助けできるかどうか心配だったが、乗りかかった船、常から女たちに何か心配事があった時には、相談に乗ってやってほしいと、お喜多に頼まれ

ていることもある。知らない顔は出来なかった。

お初は、恥ずかしそうに小さく頷くと、

「先生は、両国橋の西袂《にしたもと》で田楽《でんがく》の屋台を出している、巳之助《みのすけ》さんってご存じですか？」

恥じらいの顔でそう言った。

「いえ、知りません。あの辺りはいくつも屋台が出ていますよね」

千鶴は言いながらお道の顔を見るが、お道も首を捻《ひね》っている。

「お稲荷《いなり》さんがあります。両国稲荷の前あたりにいつも出しています」

お初は必死に説明する。そして、

「時々私、萩の屋の帰りに立ち寄っていたんですが、だんだんと……」

「そう、その人を好きになってしまったのね」

千鶴は言った。

お初は、こくりと頷くと、自分は米沢町《よねざわちょう》の長屋で母と二人暮らしだったが、その母が病になって、それで萩の屋に足を入れたのだ、と萩の屋に出入りすることになった事情をまず告白した。

母一人娘一人の暮らしで蓄《たくわ》えもなかったことから、母親の薬代を稼ぐために、お初は萩の屋で春を売るようになったのだという。

安易な考えだと思われるかもしれないが、どこに勤めるにしても、長い間母を長屋に一人にしておくことに不安があったのだ。

萩の屋なら、ほんの半刻ほどで家に帰れる。母親にも、お使いに行っていたのだと嘘もつける。

そういう暮らしが一年近く続いたのだが、母の病はだんだんと重くなり、お初は動揺した顔を母に見せないために、巳之助の屋台で一服して帰るようになっていた。

だがその母も、昨年の暮れに看病の甲斐《かい》もなく亡くなった。

お初は、母の葬儀を済ませると巳之助の店に走った。巳之助の田楽を食べれば悲しさに耐えられる……そう思ったのだ。

巳之助は、お初の異変を感じ取っていた。お初が田楽を頼むと、

「今日は勘定《かんじょう》はいらん」

そう言って、こんにゃくと豆腐《とうふ》の田楽と、湯飲みに酒をなみなみと注いで出してくれたのだ。

お初は泣くまいと思っていたが、田楽を口に入れた途端に、涙があふれ出てき

た。

巳之助は何も言わなかった。ただ優しい目でじっと見守ってくれていた。お初はこの時、こんな人ともし一緒になれたら、どんなに幸せかと思ったのだ。

「先生……」

そこまで打ち明けると、お初は大きく息をついて、

「こんな私、人を好きになっちゃあいけないのかしら」

切羽詰《せっぱつ》まった顔で訊く。

「そんなことがあるものですか」

千鶴は言った。

「だったら先生、あの人にはおかみさんがいるのかどうか、訊いていただけませんでしょうか。そして、恋い焦がれている人がいるってことも伝えていただけないでしょうか。私も母のことで借金がありましたが、もうそれも払い終わりました。萩の屋とも縁が切れます」

「……」

千鶴はお道と顔を見合わせる。乗りかかった船とはいえ、困惑していた。だが目の前で縋るような目をしている人の頼みを無下にも出来ない。

「お初さんの気に入るようなことになるかどうかは分かりませんが……」

みなまで言わぬうちに、

「お願いします。申し訳ございません」

お初は頭を下げた。

三

千鶴とお道が、その屋台を覗いたのは、翌日の七ツ（午後四時）頃だった。

お初に悩みを打ち明けられた帰りに立ち寄るつもりだったが、田楽の屋台はその日は出ていなかったのだ。

「何にしますか？」

二人が屋台の前に立つと、四十そこその男が、ちらりと千鶴たちに視線を送って来た。

千鶴たちの他には、白地の入った紺《こん》の袢纏《はんてん》を着た初老の大工が一人、立ったまま、田楽にかぶりついている。

千鶴は、屋台の横手に縁台が置いてあるのを見た。そして、

「こんにゃく、お豆腐、ひとつずつね……お道っちゃん、それでいい?」

千鶴はお道に訊いた。

「何か飲み物を、お酒、いいでしょ」

お道が言う。千鶴はお酒も頼んで縁台にお道と並んで座った。

屋台の主は、竹串《たけぐし》に刺した豆腐やこんにゃくを、くるりくるりと回して炭火であぶり、塗った味噌《みそ》が香りを立てるようになったところに、ぱらぱらと何か粉を掛けてから皿に盛って、二人の前に置いた。

「粉山椒《こなざんしょう》を振り掛けてありますから……」

「!……」

千鶴は皿を出してくれた主の腕を見て驚いていた。何か武術でもやっていそうな筋肉の隆起が見える。

ふとその顔を垣間見《かいまみ》るに、きりりと引き締まっている。眉《まゆ》は濃く、目の光は強く、鼻梁《びりょう》も高い。

「美味《おい》しい……この山椒の味がいいわね!」

早速歓声を上げるお道に、

「ありがとうございやす。そう言っていただけますと、張り合いがあるというものです」

主は町人なまりの言葉で返して来たが、その言葉の使い方にも、どこかぎこちなさが見える。

――いったい、この屋台の主の昔は何者だったのか……。

ふとそんなことを思っていると、

「お二人は初めてですね。この店が気に入っていただけましたら、ごひいきに願います」

主は言い、あぶっている串の前に戻って立った。

「うまかったぜ、またくらあ」

田楽を食べていた大工が帰って行くと、千鶴はお客の来ないのを確かめてから腰を上げ、主の前に立った。

「突然こんな話をしては驚かれるでしょうが、あなたは巳之助さんとおっしゃる方でしょうか」

千鶴の問いかけに、主はびっくりしたようだったが、

「はい、あっしの名は巳之助です」

怪訝な顔で答えた。

「では、お初さんという女の人をご存じでしょうか」

千鶴は更に訊く。

「ああ……知っていますよ。時々立ち寄ってくれる女の人ですね」

巳之助は即座に当てた。

「そうです、そのお初さんの往診をしてきたんですが、そこであなたの話が出たんです」

「あっしの……」

巳之助は笑ってみせた。

「昨年お初さんは母親を病で亡くされたようですが、その時に、ここにやって来て、田楽を食べたそうですね。その時の、あなたの思いやりが嬉しかったと言っていました」

「そんなたいそうなことではございませんよ」

巳之助は言い、忙しく田楽をあぶりながら、

「身内を亡くした悲しみは、あっしにもよく分かりますから……こんな商売をやっていますと、ここに立ち寄ってくれたお客さんの顔を見て、今日一日楽しかったのか辛かったのか読んでしまうんです。あの時、お初さんは悲しげでした。以

前に母親が病に臥《ふ》せっていると聞いていましたから、ああ、亡くなったのだなと思った訳です」

「優しい人だって言っていましたからね、あなたのことを……だからお初さんは、ここに来て寂しさを紛《まぎ》らわそうとしたんだと思います。その話を聞いて私たちも、こちらに立ち寄ってみたのです」

千鶴が笑って告げると、

「それはありがとうございます」

巳之助は笑った。

「巳之助さんのような方を、ご亭主にしている人は幸せですね」

お道が、さらりと訊く。

「まさか、あっしは所帯を持てるような人間じゃありませんよ。独り身です。この通りのしがない男ですからね。屋台を出して、やっと自分一人の糊口《ここう》をしのいでいるんですから。女房子供を養える訳がない」

「でも、おつきあいしている人はいるんでしょう？」

お道は訊く。ついでにお道は、おかわりを欲しいらしくて、巳之助に皿を差し出した。

「そんな女人《にょにん》がいる訳がありませんよ。あっしはこの先も所帯は持たないつもりです。いや、持てないのです」

巳之助は皿を受け取り、慌てて強い口調で言った。

「すみません、お気を悪くなさらないで下さいね。私、お初さんが巳之助さんを慕《した》っているようでしたので、つい」

流石《さすが》にお道も間が悪い。

「いや、こちらこそすみません。お初さんのような人に慕われているなんて嬉しいことです。ほんとにそう思います。でもあっしはもう四十路《よそじ》です。それに先ほども申しましたが、事情を抱えている。明日のことは分からない暮らしをしているのです。人並みの暮らしを求める資格は、あっしにはございません」

千鶴は頷いた。これ以上訊くまいと思った。巳之助は千鶴たちが知らない苦悩を抱えているのだろう。

千鶴は巳之助が田楽を焼くのを見ていたが、ふと視線を巳之助の顔に向けた。その瞳に深い悲しみが隠れているのを千鶴は見た。

「あら、また腰をやられたって、まったくおじさまも……」

千鶴は、五郎政を連れて診察室に入ると、薬味簞笥《やくみだんす》の横の箱を引き寄せて、そこから塗り薬の壺《つぼ》を取り出し、酔楽に渡す貼り薬を作り始めた。

「いったい何をしていて、そんなことになったのですか？」

「それですす若先生、親分はなんと押し入れから刀を取り出して、素振《すぶ》りを始めたんですよ」

「呆れた」

「でしょ……止めたんですよ、ですが親分はこう言ったんです。例の元気になる薬を作って試飲してみたが、体が熱くて仕方がないって……なんとかしないとおかしくなるとか言って素振りを始めたんです。ところが四半刻《しはんとき》（三十分）もしないうちに、ぐきって……それでそこにうずくまって、痛い痛いと言い出しやしてね。痛み止めは飲んでもらったんですが、貼り薬を取りに行けって、今すぐだ、早くしろって……」

五郎政はため息をついてみせる。

「五郎政さんも大変ね。でも私はお陰で助かっているんですもの、ありがたいと思っています」

五郎政の手に、貼り薬を渡すと、

「ありがてえのはあっしです。若先生から嬉しい言葉をいただきやした。ありがとうございやす」

「じゃあ、お竹さんに美味しいお茶を淹れてもらって、おせんべいでも食べてお帰りなさい」

「それじゃあ……」

五郎政が立ち上がったところに、咳をしながら浦島亀之助と猫八が入って来た。

浦島亀之助が、ごほごほと酷い咳をすると、猫八も負けずに咳をする。二人は揃って風邪をこじらせたようだった。

「もう今日の診察は終わったんだけど、仕方がないわね。はい、そこに座って」

千鶴が二人を座らせて、まずは亀之助の診察を始めた。

「先生、毎日探索で無理しました。それでこじらせてしまいました」

亀之助は泣き言を言う。すると猫八が、

「なんで医者ばかり狙われるのか、先生、また医者が殺されたんです」

目を丸くして言った。

「医者が、また殺されたんですか」

千鶴は驚いて聞き返した。

「へい。昨日のことです。今度は神田《かんだ》の医者だから、千鶴先生はよく知っているかもしれません。門真章作《かどましょうさく》先生です」

「えっ、門真先生が殺された……」

千鶴は診察の手を止めた。

門真章作といえば、近年この江戸で、はしかなどの流行病で有名になった人だ。

章作先生にかかれば死を免れるなどと評判で、疱瘡《ほうそう》や麻疹《ましん》が流行《はや》ると、門前には長い列が出来ると言われている。

「まさか、また辻斬り？」

千鶴は訊く。

「そうです。また往診帰りを襲われました。今度も懐の金はそのまま残っていまして、物取りではありません。下手人《げしゅにん》は門真先生を殺すと、すぐに立ち去ったものと思われます」

「……」

何故医者が殺されるのか。それも優秀な医者が——。

「もしや、御目見得医師に名が上がっている方じゃないでしょうね」

千鶴が訊く。すると、

「そうです、その通りです」

亀之助が言った。

――おかしなことがあるものだ……。

それでは、御目見得医師に推挙されている医者ばかりが狙われているということになる。

「五郎政さん！」

千鶴は台所の方に引き上げて行った五郎政を呼び戻した。

「おじさまに確かめてもらいたいことがあるのですが……」

この七日ほどの間に、医者が二人殺されたが、その医者がいずれも御目見得医師に推挙されていたらしい。そのことを五郎政に説明したのち、千鶴は言った。

「偶然かもしれないのですが、ひょっとして推挙された者を選んでいるのかもしれない。それで、おじさまに、このたび推挙されている医者の名前が分かれば教えて欲しい、そう伝えて下さい」

「分かりやした。ですが本当に推挙された医者ばかりが狙われているのだとしたら、若先生、気をつけねえと……」

「ちょっと待て五郎政、なんで千鶴先生が気をつけなければならねえんだ？」

猫八が怪訝な顔を向ける。

「若先生も推挙されている一人だからよ」

「なに……千鶴先生、本当ですか」

亀之助も猫八も驚いた。

「おじさまの話ですけどね、本当かどうかは……」

苦笑する千鶴に、

「いやいや、それだったら大変じゃねえですか先生、しばらく往診は止めた方がいいですぜ。そうだ、求馬様にでも用心棒を頼めばよろしいんですよ、旦那は喜んで引き受けてくれると思いますがね」

猫八はにやりと笑う。

「冗談言ってる場合じゃねえぜ猫八さん。千鶴先生、あっしはこれで失礼しやす。親分に訊いてみます」

五郎政は、そそくさと玄関に向かった。

それに気づいてお竹が追っかける。

「待って、五郎政さん、蕗味噌《ふきみそ》と炊《た》き込みご飯、持って帰って頂戴《ちょうだい》！」

慌ただしく帰って行く五郎政と見送るお竹の声を聞きながら、千鶴は一抹《いちまつ》の不安を覚えていた。

四

門真章作の家は、神田鍋町《なべちょう》の瀬戸物屋《せとものや》の角から横町に入ったところにあると猫八から聞いた千鶴は、その日の夕刻、単身で門真の家に向かった。

門真とは一度会っていた。医学館に調べ物をしたくて出向いた時にばったり会って、お茶を飲みながら話したことがあった。

章作は、千鶴が父親の後を継いで医者になったのを素晴らしいことだと喜んでくれ、自分にも娘がいる、幼い時から教え込んで千鶴殿のように後を継いでもらいたいものだ。そんな話をして愛娘《まなむすめ》を自慢していたのを思い出す。

ただ会ったのは、その一回だけで、お互い多忙でそれっきりになっていた。

医者はどちらかというと一匹狼《いっぴきおおかみ》だ。集《つど》うという習慣があまりない。

だから同業者がどのような形で患者と向き合い、日々の暮らし方はどうなのか、互いに意外と知ることはないのだ。

皆、自分の暮らしに埋没《まいぼつ》し、そこから一歩も飛び出すことはないのである。医者は案外世間知らずなのだ。

——この家だ……。

千鶴は軒に『忌中《きちゅう》』の紙を貼っている家の前で立ち止まった。

『本道（内科）門真章作』の看板も掛かっている。

猫八の話では、お内儀と女の子が一人、それに弟子が一人いるのだと聞いている。

おとないを入れると、二十歳《はたち》そこそこの若い男が出て来た。

「藍染橋《あいぞめばし》の袂で治療院を開いている桂千鶴と申します。門真先生にお線香《せんこう》をあげさせていただきたくて参りました」

玄関でそう告げると、若い男はすぐに奥に入って行った。

家の中はひっそりとしていた。葬儀はまだ終わってはいない筈だが、人の気配が感じられないほどひっそりとしていた。

玄関《あか》まで線香の香りが漂っている。物言わずともその香りは、主が殺されたことを証していた。

まもなく、三十半ばの女性が出て来た。章作の妻のようだった。

「このたびはお悔やみ申し上げます。南町の浦島様から先生の訃報《ふほう》をお聞きしました。せめてお線香をあげさせていただきたくて参りました」

千鶴が告げると、内儀は髪の乱れひとつない顔を向けて深く頭を下げ、遺体を寝かしている部屋に案内してくれた。

章作はまだ三十半ば、その死に顔は穏やかに見えるが、無念であったことは間違いない。

「南町のお役人から子細は聞きました。さぞかしご無念であったと思います」

千鶴はまずそう挨拶《あいさつ》して、章作と医学館で会ったことを話すと、

「夫も千鶴先生のことは申しておりました。外科のことは千鶴先生にお尋ねすればいい、心強いことだと申しまして……」

内儀はそう言って、側に座る七、八歳の女の子をちらと見た。

「私でお力になれることがございましたら、遠慮なく……」

千鶴はそう告げてから、同心の浦島という人は自分の患者で、その浦島から辻斬りに遭《あ》ったのだと聞いている。何か心当たりはあるのかと尋ねると、

「まったくございません。夫は恨みを買うような人ではございませんでした。そ

れだけに悔しくて……」

内儀は唇を嚙《か》んだ。歪《ゆが》んだ表情には、必死に悲しみを堪《こら》えていて、取り乱さぬようにと振る舞っているのが窺える。

千鶴は頷いた。呼吸にして一つか二つ、間を置いたのち、

「つかぬ事をお尋ねいたします。門真先生は御目見得医師に推挙されていたと聞いていますが……」

じっと見た千鶴に、内儀は怪訝な顔で頷いた。

「そうでしたか。実は少し前に、御目見得医師に推挙されたさる先生が辻斬りに遭っているのです」

「まあ……」

「まさかと思ってお訊きしたのですが……」

千鶴も衝撃を受けている。

「すると、その、推挙されたことで、命を狙われたとおっしゃるのでしょうか」

内儀は必死の顔だ。

それはそうだろう。訳もなく殺されているのだ。下手人が分かれば敵《かたき》だって討ちたくなるのが人の情だ。

「まだはっきりしたことは分からないようですが、ちょっと気になったものですから……」

「まさかそんなことで……夫は別に町医者のままでいいのだと申しておりました。でも、さるお方が推挙して下さったのだと……」

「……」

「すると、誰が夫を殺《あや》めたのでございましょうか？」

「実は私も推挙されておりまして」

「先生……」

内儀は驚いて千鶴を見た。

「私も気を付けるように注意を受けておりますが、でも、このような暴挙が許されていい筈がありません」

千鶴はそう言い置いて門真章作の家を辞した。

外はとっぷりと暮れていた。千鶴は用心深く踏み出した。

まさかとは思いながら、懐には懐剣《かいけん》を忍ばせている。

半月流《はんげつりゆう》の小太刀を習得している千鶴だが、門真章作の見舞いに小太刀を持参することは避けた。しかしやはり夜の闇の中に踏み出してみると不安は募《つの》る。

神田の鍋町から鍛冶町《かじちょう》を過ぎ、藍染川に沿って横道に入った時、

「！……」

千鶴は背後に殺気を感じた。

足を速めれば殺気も追って来るし、立ち止まれば殺気もそこから動かない。

──かなりの手練《てだ》れのようだ……。

千鶴は用心深く歩を進めた。

この藍染川に沿った通りは、川の両端に小さな店が軒を連ねていて昼間は人通りも多い所だが、夜になるとそれもまばらで、行き交う者は、町人の酔っ払いが多い。

千鶴は出来るだけ軒行灯《のきあんどん》の光の下を縫うように歩いた。

だが、紺屋町《こんやちょう》に入ってまもなく、背後から音を消して走り寄る殺気を感じた。

千鶴は懐の懐剣を握った。そしてさっと背後を振り返った。

「！……」

薄闇《うすやみ》に目を凝《こ》らした。殺気は消えてはいない。近くに身を隠している。ゆだんなく辺りを見渡した時、治療院がある方角から求馬が走って来た。

「千鶴殿、無事だったか」

「求馬様……」

「猫八から聞いた。心配で迎えに来たのだ」

千鶴はほっとして、懐剣をしまった。

「どうしたのだ……」

驚いた顔の求馬に、千鶴は闇に視線を放って危険だったことを告げた。

求馬も闇を睨む。だが殺気は消えていた。

「間違いないのか？」

念を押す求馬に、千鶴は険《けわ》しい顔で頷いた。


「ほんと、求馬様がずっといて下さったら、どんなに千鶴先生も心丈夫なことでしょうか。いえ、千鶴先生だけじゃありません。私もお道っちゃんもですよ。それなのに大坂に行くなんて、なんとか勘弁してもらう方法ってないのでしょうか」

お竹は求馬に、軽い膳を出しながら言う。

膳の上には鯖《さば》の甘辛煮《あまからに》、豆腐の田楽に蕗味噌を添え、キュウリとナスの漬け物、そして熱燗《あつかん》を添えている。

「今日は忙しくて大した物がございません。後で炊き込みご飯とお吸い物をお出ししますね」

お竹は言う。

「なに、ごちそうだ。うちではろくな物を食っていないのだ」

求馬は早速箸《はし》をつける。

「うまい！……こんなうまいものを出してくれるのなら、大坂に行くまで毎日用心棒をしてもいいな」

「まあ……」

お竹は料理を褒められ、千鶴とお道を見て笑った。

「でも、求馬様がこうして一緒にお食事をするなんて、ほんと懐かしいですね。当時は無役で、毎日のように、こちらにいらしていたじゃありませんか」

お道は言って笑った。

「そうだったな、今ではよい思い出だ」

「求馬様、そんなことおっしゃっていないで、お二人が一緒になればぜーんぶ解決いたしますよ」

お道は言った。

「お道っちゃん……」

千鶴がぎゅっと睨んだその時、玄関の戸が開く音がして、足音を鳴らして五郎政が現れた。

「若先生、親分に例のこと、尋ねてみました。そしたら、これ見て下さい」

五郎政は懐から一枚の紙を取り出し、千鶴に手渡した。

「……！」

文字を目で追っていた千鶴は、驚いている。

そこには、内科、外科、眼科、小児科、歯科など分野ごとに二十五名ほどの医者の名が連《つら》ねてあった。

内科のところには千鶴を入れて、六名の名が上がっている。千鶴の名のところには囲みをして、外科とも記してあるのだが、とにかく六名の名の中に、千鶴の名はあった。

そして驚いたのは、先に殺された日本橋の医師田中清吉、神田の門真章作も、この内科の分類の中に名が上がっていた。

千鶴の他の三人は、木挽町《こびきちょう》の島田祥助《しまだしょうすけ》、深川の木戸順庵《きどじゅんあん》、飯田町《いいだまち》の藤埜宗村《ふじのそうそん》の名が上がっていた。

「何があったのだ？」

求馬が訊く。

「ご覧になって下さい」

千鶴がその書き付けを求馬に渡した。求馬は目を走らせた後、

「やはりこれを見ると、辻斬りに遭っているのは内科ばかり……五郎政、いったい何人の医者が正式に召し出されることになっているのだ？」

神妙な顔で座っている五郎政に訊いた。

「へい、それは親分にも分からないようです。おそらく、各科で一人ずつじゃないかと……そもそもこの推挙の話を聞いた時、親分が、そのことについて尋ねたらしいんですが、言葉を濁されたそうなんでさ。ただ、こう言われたようです。これまでは、一度に多数の医師を御目見得に決定することはなかったと……」

千鶴は、求馬と顔を見合わせた。

なかなかに厳しい人選の上にあるのだと、千鶴は思った。しかしだからこそ、決定の場に人選する数が少なければ少ないほどよい訳だ。

「これは穿《うが》ち過ぎた見方かもしれないが、こうして見てみると、今度の殺しは、この推挙された内科の医師が関係してくるのではないかな。二人は偶然殺された

のか、また誰かの策略《さくりやく》でそうなったのか……」

　求馬は言った。

「私は今度の殺しは偶然とは思えません。この医師の名を列挙しているのを見て、強くそう思いました……」

　千鶴は言う。

　――しかし、どうしてよいものか……。

　思案している千鶴に、求馬が言った。

「問題は、ここにある名の医師が、今度の殺しに関わっているのかどうか……」

　求馬は千鶴の顔を見る。

　千鶴は頷いた。すると求馬が、

「よし、俺が調べてみる。五郎政、お前も手伝え、よいな」

　有無を言わさぬ声で言った。

五

「先生……千鶴先生」

お初に千鶴が呼び止められたのは、春一番が吹き荒れる生暖かい日であった。土が舞い上がって、うっかりすると目に入りそうなほど風が吹き荒れていた。

「ごめんなさい、いろいろと手をとられて、お初さんに会いにいかなきゃと思いながら……」

恋路の手助けを頼まれて巳之助の屋台に立ち寄ったのは、もう十日ほど前のことだった。

「いいえ、良いのです。先生はお忙しいってこと、分かっていますから……」

お初は消沈した顔をうつむけた。

「とにかく、こんなところでは……」

巻き上げるように吹く風に、千鶴はどうしたものか、立ち話も出来ないと思ったが、

「私の長屋はすぐ近くなんです」

お初は紙屋の向こうに見える木戸を指した。

千鶴は往診の帰りとはいえ長居は出来なかったが、お初の長屋に向かった。

「すみません、なんだか無理にお願いしたみたいで……」

お初は千鶴を部屋に上げると、お茶を淹れ、神妙な顔で頭を下げた。

「気にしないで、私もあなたに会わなければと思っていたところです」

千鶴は言って部屋を見渡した。

貧しい暮らしぶりは部屋を見れば察せられたが、お初は几帳面《きちょうめん》な性格らしく、部屋には塵《ちり》一つなかった。

使い古した年代物の鏡台《きょうだい》が部屋の隅に置いてあったが、おそらく亡くなった母の持ち物だったのだろうと千鶴は思った。

あとは位牌《いはい》を置いた素麺箱《そうめんばこ》が見えるだけで、若い女の子が欲しがるような二段か三段の着物簞笥や、脱いだ着物を掛けておく衣紋掛《えもんか》けなど、何もなかった。

お初はここで、貧しく慎《つつ》ましく暮らしているのが窺えた。

千鶴は出してくれたお茶で一服した後、

「あなたが心配していた女の人の影はありませんでしたよ。でも、巳之助さんには何か事情があるらしく、所帯は持たない、持てないのだと言っていました……」

「はい……」

お初は小さな声で返事をすると頷いた。

千鶴は、けっして巳之助さんは、お初さんが嫌いなのではないと思ったと付け加えた。

あまりの消沈ぶりに可哀想《かわいそう》に思ったのだ。それに千鶴は巳之助の表情から、お初を憎からぬ思いで見ていることだけは確かだと分かったからだ。

とはいえ哀しげな顔のお初に、これ以上どんな言葉を掛けてやればいいのかと、千鶴が言葉を探していると、

「先生……」

お初が顔を上げて、

「私、なんとなく、そう言われるのかなと予想していました。だって自信があれば先生にお頼みしませんもの。本当に先生にはご迷惑をおかけしました。ただ私、巳之助さんを見ていて気になることがあったものですから」

案じ顔のお初である。

「何です……気になることって？」

「ええ、実は巳之助さん、時々屋台を出していない日があったりして、それに、とても怖い顔というか、思い詰めた顔をしている時があるんです」

「そう……」

千鶴は頷く。

お初の言う通り、千鶴も巳之助は何か厄介《やっかい》なことを抱えている人間ではないかと思っていた。

これはお初には言えないが、巳之助は町人の出ではない。身分を隠して屋台を出している、千鶴はそう見ていた。

「私、巳之助さんが何を思い詰めているのか知らないのですが、もし私が慰めることができたならって思ったのが、いつの間にか恋い慕うようになってしまって……でも、もう諦めます」

お初は寂しそうに笑った。

「お初さん……」

「先生、私、萩の屋も今月でもう辞めます。母も亡くなって借金も返しました。もう萩の屋に行く必要はないのです。出直します」

お初は萩の屋を辞めることを、もう決心しているようだった。

「そう、私もそれがよいと思います。お初さん、巳之助さんもよい人だけど、お初さんならまたきっと、いい出会いがあります。この江戸の半分以上が男の人なんですからね」

千鶴が慰めると、お初はくすりと笑って頷いた。

千鶴の言葉に納得している顔ではなかったが、ひとまず千鶴はほっとした。

「では、また何かあれば遠慮なく相談して下さいね」

四半刻ほどで千鶴はお初の家を出た。

その時だった。木戸から大声を出して帰って来た者がいる。どうやらこの長屋の住人らしかった。

「てえへんだ、両国稲荷の前に出している屋台の主が、やくざ者に酷い目に遭わされてよ、血だらけだ」

その声を聞きつけて、長屋の住人たちが外に出て来た。

お初も飛び出して来た。

「先生、まさか巳之助さんのことかしら……」

「行きましょう」

千鶴とお初は、両国稲荷に向かって走った。相変わらず強い風が吹いている。米沢町から両国稲荷まで、二人は風に抗《あらが》うように夢中で走った。

二人が両国稲荷に走り込んだ時、巳之助は三人のやくざ者たちに痛めつけられ、地面にうつぶせになって倒れていた。

その巳之助を、三人の男たちは更にいたぶるように蹴り飛ばしている。野次馬《やじうま》も稲荷の外に十人ほど見えたが、誰も止めようともしていない。

「待ちなさい！」

千鶴が稲荷に走り込んだ。

やくざ者たちは、ぎょっとして千鶴を一瞥《いちべつ》したが、相手が女だと分かったからか、

「今日は堪忍してやるが、嘗《な》めるんじゃねえぜ」

倒れている巳之助に言い放ち、摑んでいた巾着《きんちゃく》を逆さにして掌《てのひら》に銭を落とし、倒れている巳之助の背に空っぽになった巾着を放り投げると、千鶴に向かって鼻で笑って去って行った。

「巳之助さん……」

千鶴とお初は、巳之助に駆け寄った。

巳之助がうめきながら顔を上げた。

「巳之助さん！」

お初が驚く。

巳之助の額《ひたい》は割れていた。右の二の腕も匕首《あいくち》で斬られたらしく、傷口から血が流れ出ている。

「千鶴先生、どうしたんです？」

走って来たのは清治だった。

「助かった……清治さん、治療院まで運びますので、番屋に手助けを頼んで来て下さい」

千鶴の言葉に、清治は風の中をすっ飛んで行った。


四半刻後、巳之助は桂治療院に運ばれ、千鶴がすぐに治療した。額は五針、二の腕は十針も縫う大怪我《おおけが》だった。

華岡青洲は大手術の折には通仙散を服薬させて体を切るようだが、まだほとんどの手当においては、両足両腕を押さえて行う場合が多い。

巳之助の傷の縫合《ほうごう》は、口に綿布《めんぷ》をくわえさせ、清治に肩口を押さえてもらって縫い上げた。

屈強に見えた巳之助も流石に疲労困憊《こんぱい》したのか、手術が終わり、痛み止めを処方すると、こんこんと眠った。

お初はずっと案じていて、

「巳之助さんが目が覚めるまでは側で見守らせて下さい。気がついたら失礼します」

　そう断って巳之助の枕元に座り続けた。

　その様子を見ていたお道が、

「なんだか切ないですね。けっして実らない想いなんだもの……それが分かっていてのことだもの……」

　訴えるでもなく呟いた。

　お道だって千鶴だって、お初の気持ちが分からないことはない。似たような年頃で異性に対する恋慕《れんぼ》は常に胸の内にある。

「お初さん、一刻（二時間）は眠っていると思いますから、向こうでお茶でもいただいて……」

　お道が勧めるが、お初は巳之助の側を離れようとはしなかった。巳之助が知れば恥ずかしくなりそうなほど、その顔を凝視《ぎょうし》して座っているのだ。

　そんなお初を置いて、居間の方で一服する訳にもいかず、

「じゃあ、こちらで静かにいただきましょう」

　お竹の提案で、診療室でお茶を淹れる。

「ありがてえ、風で喉をやられてからからだ」

清治が美味しそうに飲む。

「清治さん、助かりました」

千鶴が礼を述べると、清治は照れくさそうに言う。

「いや、久しぶりに千鶴先生に会ったと駆け寄ってみたら大変なことになっていて、よかったですよ、お手伝いが出来て」

清治は以前、しばらくここで暮らしていたことがある。暮らしながら余所《よそ》の家に盗みに入っていたのだ。困っている人の家に盗んだ金を配っていたようだ。

だがついに捕まって遠島かと皆覚悟をしていたのだが、火付盗賊改方、板倉《いたくら》の殿様に助けられて、今は手下となって働いている。

「いけね……」

清治は、ぽんと頭を叩く。

「殿様の御用を仰せつかっていたのを忘れていた。先生、またゆっくり寄せていただきやす」

清治は飛んで帰って行った。

「本当にちゃんとお役に立ってるんでしょうかね」

お道がくすくす笑った時、

「先生、気がつきました」

お初がほっとした声を上げた。

急いで千鶴とお道は、巳之助の側に座った。

「これは……すみません」

巳之助は辺りを見回し、世話を掛けたことを察したらしく、手当を受けた右の腕を庇《かば》うように起き上がるが、

「うっ」

顔を顰《しか》めた。

「無理しないで……」

千鶴が制するが、巳之助は体を起こし、

「まさか、先生のお世話になるとは……」

頭を下げた。

お初は後ろに下がって案じ顔で見守っている。

「でもいったい、どうしてあんなことになったのですか。お初さんと飛んで行ったら、もう巳之助さんは倒れていて、お金も全部取られたでしょう……何者ですか、あの人たちは」

千鶴は一気に尋ねる。

「やくざです。時々廻って来て場所代を奪い取って行くんですよ。今日は少し文句を言ったんです、もう勘弁してもらいたいと……そしたらいきなり殴る蹴るで、匕首まで出してくるんですから……」

「でも良かった、お初さんが心配して、ずっとあなたを見守っていたんですよ」

千鶴はお初の方に視線を投げた。だがお初は、もう部屋を出て行ったらしく姿はなかった。

「……」

巳之助もそれに気づいたらしく、ふっと切ない表情を見せた。その顔を千鶴はとらえて訊いた。

「巳之助さんなら、あんなやくざな男たちなど、撃退するのは訳ないことだったでしょうに」

「！……」

巳之助は驚いて千鶴を見た。

「何か事情があるのですね。お初さんの気持ちを受け入れることの出来ない事情が……」

「……」

巳之助は口をつぐんだ。

千鶴はそれ以上質《ただ》さなかった。

「大事を取って、今夜はここでお休み下さい。長屋に帰っても、その傷では食事も作れないでしょう。明日になって痛みも落ち着けば、もう帰ってもよろしいかと思います。後は傷口の塗り薬と飲み薬をお渡ししますので、しっかりと塗り、飲んで下さい。そして傷口が癒《い》えたところで抜糸《ばっし》します」

千鶴はそう告げると、診察室を出た。


その夜のことだった。

自室で父の日記に目を通していた千鶴に、お竹がお茶を運んで来て、

「先生、巳之助さんがお話ししたいことがあるそうなのですが……」

と言う。

「巳之助さんが……」

聞き返した千鶴に、

「はい、なんだか深刻な顔をしていましたよ」

お竹の顔は、どうしますかと訊いている。

「分かりました。すみませんが、お茶はあちらの部屋でいただきます」

千鶴はすぐに立って病室になっている部屋に向かった。

桂治療院は、診察室や調剤室の他に、患者を泊める部屋もある。家に帰すことの出来ない患者を診るためだ。

「巳之助さん、痛みはまだありますか」

千鶴がお茶を盆に載せたお竹と病室に入って行くと、巳之助は起き上がって千鶴を待っていた。

「ありがとうございます。命拾いをいたしました。助けていただけなかったら、出血が止まらずに死んでいたかもしれません」

巳之助は礼を述べた。行灯の光に浮かび上がっている巳之助の表情には、千鶴に対する尊敬の念が見える。

「大したことにならなくてよかったですね」

千鶴は微笑み、お竹が置いていった巳之助の分のお茶を、負傷していない左手の近くに置いてやった。

「ありがとうございます」

巳之助は小さく頭を下げ、千鶴に視線を移すと、

「まさかこんなに立派な先生だとは思いませんでした。いや、これは、最初に私の屋台に来て下さった時の話です。何か治療をされているのだろうなとは分かっていましたが、男の医者も出来ぬような傷の治療まで……驚きました」

巳之助は恐縮《きょうしゅく》しきりだ。

「藪医者に違いないと思っていらしたのですね」

千鶴がくすくす笑うと、

「勘弁して下さい。いや、先ほどお竹さんから、シーボルト先生にも師事されたと聞きました。女のあなたが、これほどの立派な仕事をなさっている。私など恥ずかしい限りです」

巳之助は小さく頭を下げると、今度は表情を改めて、

「話というのは他でもありません。助けていただいた先生には、やはり私が何者なのか話すべきだと、そう思ったのです」

じっと千鶴の目を見詰めた。

千鶴は神妙な顔で頷いた。すると、

「うすうす感じておられたようですが、私は元侍です。西国《さいごく》松井藩《まついはん》三万石の藩

士、西尾《にしお》巳之助と申すもの……」

はっきりとした口調で言った。

千鶴は静かに息をつき、巳之助の顔を見詰めた。

「私の家は代々勘定方《かんじようかた》に勤めておりました。父親も、そして跡をついだ兄喜一郎《きいちろう》もそうでした。当時私は部屋住みから見習いになったばかり、父親を病で亡くした西尾の家を、兄と守っていく、強い決心のもと過ごしておりました……」

兄は妻佐世《さよ》を娶《めと》ったばかり、ことのほか張り切っていた。

ところがある日のこと、兄の喜一郎が城下の馬場で殺されたと知らせが入った。

知らせてくれたのは、兄と一緒に勘定部屋に勤めている木村一朗太《きむらいちろうた》という男だった。

「無念だ、喜一郎殿は寺岡詫間《てらおかたくま》に下城《げじよう》を待ち伏せされて、いきなり斬りつけられたようだ」

駆け込んで来た一朗太はそう言った。

「旦那様が……」

巳之助と玄関に出ていた兄嫁の佐世は、夫が亡くなったと知り倒れてしまった。

寺岡詫間も同じ勘定方、しかも寺岡は税収の係であった。直接郷方《ごうかた》に出向いてその年の年貢高を決定する役目を担っていた。

兄の喜一郎はというと、帳面と税収の吟味《ぎんみ》を担っていた。

巳之助は兄嫁の介抱《かいほう》を奉公人たちに頼んで、一朗太と馬場に走った。一刻も早く無念の兄に会わなければと思った。

一朗太は走りながら巳之助に言った。

「喜一郎殿も刀は抜いたが、間に合わなかった。寺岡には不正があったのだ。以前から噂があったが、奴の切れやすい性格が恐ろしくて、皆言えなかった。それを喜一郎殿が三日前にずばりと指摘したのだ。寺岡詫間はそれが許せなかったのだろう。上に露見すればお役御免はよい方で、どのような罰を受けるか分からぬ。腹に据えかねた奴は卑怯《ひきょう》にも怒りを抑えられず、下城してくる喜一郎殿を待ち伏せして殺したのだ」

巳之助は馬場に走りながら、一朗太の話に怒りを膨らませていた。

馬場の手前にたどり着くと、中間《ちゅうげん》や小者が兄を戸板に乗せて運んで来るところに出会った。

「兄上！……兄上！」

取りすがって大声で呼んでみたが、もう兄の反応はなかった。

「……」

巳之助はそこまで話すと、胸を詰まらせたのか、大きく息をついた。

兄惨殺の光景が蘇《よみがえ》り、巳之助の心を大きく揺るがしているのは間違いなかった。

行灯の火がじりりと音を立てて、怒りに染まった巳之助の顔を照らしている。

巳之助は二度、三度と息を整えてから、また語り出した。

「兄の葬儀が終わると、兄嫁は実家《さと》に帰っていきました。私は仇討《あだう》ち願いを出して国を出たのです。それから十三年、あちらこちらを巡り歩いているうちに、一朗太から文《ふみ》を貰い、敵《かたき》は江戸にいるらしいと……両国辺りで見た者がいると……それであの場所に屋台を出して、人通りの中に奴の姿を探していたのです。しかし、いまだ奴の顔を見ることはないのです……」

敵を討つまでは、つまらぬやくざと関わりを持ちたくない。だから奴らに抵抗しなかったのだと言い、最後に、

「お初さんのことも、そういう事情ですから、お察しいただきたい……」

巳之助は苦悩の顔で千鶴を見た。

「よくお話し下さいました。私も何か深い事情があるのだろうと思っていました。まさか仇討ちのために屋台を出していたなんて……女の私でも何か力になれるようなことがありましたら、遠慮なくおっしゃって下さい」

千鶴は言った。

六

――ったく、いい気なもんだぜ。

五郎政は、先ほどから何度も舌打ちした。

その目は、紀伊國橋《きのくにばし》西袂にある船宿『花村屋《はなむらや》』の表を睨んでいるのだが、三十間堀川《さんじっけんぼりかわ》から吹き上がって来る風は避《よ》けようもない。

何しろ春一番が吹き荒れてから、江戸は連日強い風が吹いている。

じっと外に立っていると、土埃《つちぼこり》が髷《まげ》の中にまで侵入してくる。せめて鼻から土埃を吸い込まないようにと、五郎政は手ぬぐいでほっかむりをした上で、袖で鼻を押さえて軒下に立っているのだ。

この数日五郎政は、御目見得医師に推挙されている一人、木挽町七丁目に住む本道医師島田祥助を探っていた。

年齢は三十歳、長崎《ながさき》に留学して医術を修《おさ》め、今は小さな仕舞屋《しもたや》を借りて医業にいそしんでいるのだが、この男には五郎政でも首を捻るような話がいくつもあった。

まず、長崎帰りだと言っているが、長崎で誰に師事していたのかが明らかでない。

父親も確かに医者だったようだが、いわゆる藪医者の部類で、名医として記憶に残っている人は皆無《かいむ》だ。

とにかく医者になるには、自分で「俺は医者だ」と宣言すればいいわけで、さして学問を積んでいなくても看板は上げられる。

風邪をひけば葛根湯《かっこんとう》、腹を下せばどこかの生薬屋《きぐすりや》から仕入れた丸薬《がんやく》でも飲ませておけば、患者の中にはそのような単純な処方で治る人もいる訳だ。

万が一それで治らなかったら、病名もつかない重い病気だと言えば、患者も諦めざるを得ないのだ。

御府内でその腕を競い合うさまざまな職人たちと医者を比べてみても、医者が勝手に看板を上げることの安易さが見えてくる。

職人が一人前になるための修業は大概《たいがい》十年と言われている。しかもその修業を終えても大きな顔は出来ない。作品に腕の確かさ、熟練の力量というものが目に見える形で表れるからだ。更なる飽くなき研鑽《けんさん》が必要なのだ。

ところが医者の場合は、その腕の確かさは患者の体の中でしか知ることが出来ない。ゆえに、医者の看板は、いわば勝手に上げられるのだ。

だからこそ五郎政は、島田祥助の医者としての腕に疑問を持ち始めているのだった。

また、島田祥助は父親が遊《あそ》び女《め》に産ませた子供だったというから、出自《しゅつじ》も定かではない。

更に、現在母も父もいない島田祥助は一人暮らし、一年前までは一人弟子がいたらしいが、数ヶ月で辞めている。

今は一人で診療をしている訳だが、五郎政が三日ほど張り込んで見ていても、患者は数えるほどしか来ていない。

その島田祥助が、今朝は昼過ぎから家を出て、そそくさとやって来たのが、今五郎政が張り込んでいる船宿花村屋だったのだ。

しかも往診に来たのではなかった。どう見ても医師の形《なり》ではなく、粋《いき》な着流しに羽織を引っかけて、まるでお店《たな》の若旦那かと見紛《みまが》う姿だったのだ。

島田祥助は、そんな姿でやって来て、店の中でいったい誰と会おうというのか。五郎政は大いに気になる。

それというのも、この三十間堀の両脇一帯は昔から賑やかな所で、堀の向こう側は木挽町が一丁目から七丁目まで続いている。

また堀の両脇には、船宿、料理屋、それに芝居小屋などが賑わいを見せているのだ。

正徳《しようとく》四年（一七一四）に大きな事件となった「江島生島事件《えじまいくしま》」の頃から言えば、その華やかさにおいては他の場所に譲った感もあるのだが、それでもここに遊興を目的に集まってくる人たちは多い。

先年この三十間堀を埋め立てて新しい料理屋や船宿が建ったこともあって、以前とは趣《おもむき》を変えた繁華な場所になっているのだった。

花村屋という船宿は近年出来た大きな宿のひとつで、船の手配はむろんのこと小料理屋の様子も呈していて、噂では、密かな出会いを楽しむ座敷がいくつもあるということだった。

怪しげな船宿だった。その宿に島田祥助は、勝手を知った顔つきで入って行ったのだ。

いったい誰と美味しい食事をし、はたまた逢い引きをしているのか、ひょっとして貸し船を仕立てて何処かに繰り出したのではないかなどと、外で張り込んでいる五郎政も気が気ではない。

まもなく時を告げる鐘が鳴り出した。

──ったく……。

五郎政は舌打ちをした。

島田祥助が宿に入ってかれこれ一刻になる。だが、まだ出て来ていない。

──こちとら昼飯も食ってねえんだ。

愚痴《ぐち》も出るが、この役目で下手《へた》を打てば、

「それで俺の手下と言えるのか……破門するぞ」

などと酔楽から乱暴な言葉を投げられるに決まっている。

なにしろこのたびの事件で、一番千鶴を案じているのは酔楽かもしれないのだ。

──おっと……。

五郎政は、ようやく現れた獲物《えもの》に気づいて体を物陰に隠した。目を凝らし、出て来た島田祥助の姿をとらえる。

島田祥助は優男《やさおとこ》だった。見ようによっては、立ち姿も役者紛いだ。ほつれた鬢《びん》の毛をひとかき手で押さえると、島田祥助は花村屋を後にして紀伊國橋の方に歩き始めた。

五郎政が跡を尾《つ》けようとしたその時、花村屋の表に若い娘が出て来た。

「!……」

五郎政は再び体を物陰に隠す。

娘はどこかの大店のお嬢だと思った。豪奢《ごうしゃ》な着物と帯を着けている。

娘は風を避けるためか、袂から絹《きぬ》の薄い布を取り出して頭を覆《おお》った。その表情は、気が抜けたように、とろんとしている。

娘はただの客ではない。誰かと逢い引きをするためにやって来ていたのだと五郎政は思った。

その相手が島田祥助だと分かったのは、娘がすぐに送った視線が、宿から離れていく島田の背中を熱っぽい目でとらえたからだ。

娘は島田祥助の後ろ姿を追って行く。

──そうか、あの娘は、島田とな……。

──医者が女と逢い引きしちゃあいけねえって法はねえが……。

「ふん……」

五郎政は鼻で笑った。

あんな男が御目見得医師に推挙されているのかと思うと、五郎政の頭の中は侮《ぶ》蔑《べつ》の念でいっぱいだった。

五郎政は、女の後ろから用心深く尾けていく。

すると二人は、紀伊國橋の袂で初めて落ち合ったような顔をして合流した。

そしてそこから、新両替町《しんりょうがえちょう》一丁目に出て京橋《きょうばし》を渡り、京橋川を西にとって歩き、鍛冶橋《かじばし》の見える北紺屋町《きたこんやちょう》の新築途中の土地に入った。

大工頭《がしら》が慌てて出て来て、島田祥助に頭を下げ、何か祥助の問いに答えている。

大工の棟梁《とうりょう》は、祥助の側に立つ娘も顔見知りのようで、ぺこぺこと頭を下げては愛想笑いをしているのだ。

島田祥助と娘は、しばらくそこであちらこちらの進捗《しんちょく》状況を指をさしたり覗いたりして確かめている様子だった。

大工の棟梁に何か注意を与えたのち、二人はそこで別れた。

島田祥助は木挽町七丁目に帰っていく様子だ。そして娘の方は、反対方向に帰って行く。

五郎政は二人を見送った後、大工の棟梁に近づいて声を掛けた。

「あの方、木挽町の島田先生だと思ったんだが……いやね、あっしの知り合いがあの先生に世話になったことがあってね、こちらに治療院でも建てるつもりなんですか」

さも島田祥助を敬《うやま》っているような口ぶりで訊いてみた。

「へい、おっしゃる通りです。あの方は島田先生で、ここに建てているのは治療所をかねた新居です。山城屋《やましろや》さんから注文があったんです。山城屋さんの話では、ずいぶんと人気の先生のようでして、なんでも近々千代田《ちよだ》のお城に呼ばれるのだとかなんとか……」

「やっぱりね、てえしたもんだ。で、その山城屋さんというのは？」

「お嬢さんが島田先生と一緒になるらしいです。この新居も山城屋さんのご祝儀ですよ。お金のある人は違いますね、豪奢なものです」

「なあるほど、てえしたもんだ」

「まったくです。なにしろ山城屋の旦那が、いくらかかってもいい、金に糸目《いとめ》はつけねえっておっしゃってね、あっしたち大工も力を入れておりやしておりやして……」

「なるほど、それはめでてえや」

五郎政は、忙しく動いている大工たちの姿を見渡して愛想笑いを送った。

一方の菊池求馬は、深川伊勢崎町《いせざきちょう》で医業を行っている木戸順庵を調べていた。当初、飯田町の医師で藤埜宗村の近辺を調べるつもりだったが、後回しにしたのだ。

藤埜宗村は齢《よわい》五十歳、現在は飯田町にある竹野藩邸《たけのはんてい》の藩医も務めているらしく、藩主が国元に帰るにあたって同道《どうどう》し、飯田町にはしばらく戻ってこないということだった。

そこで当初の予定を変え、深川の医師木戸順庵に張り付いているのだが、木戸順庵はここ数日、屋敷から一歩も出てくることはなかった。

順庵には弟子が二人いて、その者たちがここ数日、往診に出ているようだった。

求馬は今日、出入りしている魚屋を捕まえて話を聞いてみた。するると、順庵は風邪をひいて寝込んでいたらしいという。本日ようやく元気になったと連絡があり、鯛《たい》の塩焼きを頼まれて持参したのだというのだ。

——医者の不養生か……。

求馬は苦笑した。

これまでに集めた調べでは、年齢は藤埜宗村より五歳ほど若いようだが、患者の評判は良かった。

近年疱瘡が流行った時も、深川の医師の先頭に立ち、医師同士の連携《れんけい》はむろんのこと、根拠のない流言《りゅうげん》に惑わされぬよう町役人《ちょうやくにん》にも協力を要請するなど、熱心な姿が見受けられたという。

近隣の女房にも順庵の評判を訊いてみると、

「元はお坊さんだったって聞いてるよ。それが何があったのか知らないけど、西国の寺を追い出されて江戸にやって来たんだって……」

そう言った後、

「順庵先生は女に人気があるわね。だってさ、たとえば風邪をひいて診てもらいに行くでしょ。そしたら、脈をとってくれる訳だけど、その掌が、なんて言ったらいいんだろ、あったかくてしっとりとしていて、その手で優しく握ってくれるもんだから、妙に男を感じてしまいましてね……」

女房はふふふと笑ったのだ。

「先生には内儀はおらぬのか？」

更に尋ねてみると、

「いませんね。いなくても、女の患者さんが、あれやこれやと持って行くんだもの。あれ食べて、これ食べてって……それにお弟子さんもいるから、身の回りのことは皆やってもらえるんだもの」

「ほう……」

「ただ酒好きが難かな。飯より女より、酒が好きって感じですかね。またそこが女心をくすぐるんだけど」

女房はそう言うのだった。

求馬も木戸順庵の姿を一度見ている。家の中にいるのをこちらから覗いた訳だが、体軀《たいく》はがっしりして強面《こわもて》、眉が太く目が大きい男だった。

一見あのような男には女子供は近寄りにくいと思ったが、どうやら女たちにはそれが頼もしく映っているのかもしれない。

——出て来た！……。

求馬は、ふらりと出て来た木戸順庵を見詰めた。

弟子の一人を連れている。どこかに往診に行くようだ。

二人は、深川材木町《ざいもくちょう》にある油問屋に入ると、一刻ばかりで外に出て来た。

すると、お前は帰れ、というように弟子に手を振った。

弟子は一人で治療院に帰って行く。

木戸順庵はそれを見届けてから、にやりとして東永代町《ひがしえいたいちょう》に移動し、元木橋《もときばし》の袂にある居酒屋『ひょっとこ』に入った。

求馬も入って驚いた。腰高障子《こしだかしょうじ》には居酒屋と墨書《ぼくしょ》してあるが、首を白く塗った女たちが酌《しゃく》をする。どうやら客が望めば春も売っている様子である。

深川は多くの女郎宿がある所だが、それに物足りない男たちは、少し趣向《しゅこう》の違うこのような店を好むのかもしれない。

「いらっしゃい、旦那、初めてだね」

早速、白塗りの女が近づいて来た。

「酒をくれ、酒だけでよい」

求馬がそう言うと、

「旦那なら安くしとくよ」

耳元で囁いたが、

「いいんだ、酒だけだ」

求馬が念を押すと、女はぷいと引き上げて行った。

木戸順庵はというと、両脇に女を抱えるようにして、ぐびぐび飲んでいる。飲みっぷりもいいし、女を扱うのもうまい。

——いい気なもんだ……。

ちびりちびりとやりながら見ていると、一刻も経った頃だろうか、木戸順庵が立ち上がった。

女の嬉しそうな声があがる。順庵が別れ際に、女たちの胸に一朱金か一分金か挟んでやったようだ。

木戸順庵は、女たちに送られて店を出た。

「勘定だ」

求馬も銭を台の上に置いて外に出た。

「！……」

もう外は薄闇だった。昼間吹いていた風は止み、春の宵《よい》の景色が前方に広がっている。

誰の屋敷だろうか、桜の木の枝が渋墨塗《しぶずみぬ》りの木の塀から外に張り出していて、その枝には無数の桜の花が咲き始めたところのようだ。

辺り一面に桜の香りが漂っている。

だが木戸順庵は、そんな景色には目もくれないで家に向かって歩いて行く。

ふらりゆらりと覚束《おぼつか》ない足どりで、木戸順庵は仙台堀《せんだいぼり》に出た。

その時だった。木戸順庵の背後から、足音を忍ばせて近づく瘦せた浪人者が目に留まった。浪人は顔を手ぬぐいで隠している。

――もしやあいつが殺人鬼か……。

求馬がそう思った瞬間、その男が抜刀して木戸順庵めがけて走り始めた。

「危ない！」

求馬は叫ぶと同時に走っていた。

木戸順庵は求馬の声で後ろを振り返り、

「うわ！」

一撃を受けて横に飛んで転んだ。だが酔った体は刀を躱《かわ》せず、左の肩を斬られたようだ。

「何者だ！」

叫ぶ木戸順庵に、再び刃が振り下ろされる。しかし、
男の剣は跳ね返された。走り込んで来た求馬が、男の剣を払ったのだ。

「うっ！」

「誰に頼まれた……」

背後に木戸順庵を庇《かば》いながら、求馬が男の顔を睨んだ。

「！……」

見返した男が、目を見開いた。何かに気づいた目の色だった。

「医者を次々に襲っているのは、お前だな！」

求馬が刀を構えたその時、男は激しい咳をした。

「！……」

求馬がその咳に気持ちをそがれた刹那、男は急に踵を返して去って行った。

「大丈夫か」

求馬は木戸順庵に声をかけた。


四半刻後、木戸順庵は弟子たちの前に肩の傷を突き出して、

「まず焼酎《しょうちゅう》で消毒してくれ。そして血止めのために肩口を固く縛ってくれ。なに、大したことはない。何をおろおろしているのだ、やれ！」

木戸順庵は弟子たちを一喝《いっかつ》した。

「し、しかし先生、この傷は固く縛るぐらいでは、とても……」

傷口を見て顔を青くした二人の弟子に、

「馬鹿者、やれと言ったらやれ！」

まだ木戸順庵は酔いが覚めていないようだ。

おそるおそる木戸順庵の傷口を手当し始める弟子二人を、求馬も側で見守っている。

賊に襲われた木戸順庵をここまで送って来たのは求馬である。すぐに町駕籠を呼び、木戸順庵を押し込むと、その駕籠を警護して送り届けて来たのだった。

同時に求馬は、もう一挺《いっちょう》の町駕籠で千鶴を迎えに走らせている。

千鶴が治療院にいれば、その駕籠がまもなく千鶴を運んで来てくれる筈だ。

「ううっ、この野郎、しっかり消毒しろ！」

焼酎をかけられて顔をしかめる木戸順庵の傷は、求馬が見たところ、五寸近くある。

――木戸順庵は内科の医者だ。外科はやっていない筈だ。

すると弟子といっても、こんな大きな傷の手当は無理ではないかと案じている
と、玄関の戸が開く音がして、往診の箱を抱えた千鶴が入って来た。

「求馬様……」

「おう、来てくれたか。頼む」

求馬は、側で苦痛に顔を歪めている木戸順庵を紹介した。

「桂千鶴と申します。失礼します」

千鶴が告げると、木戸順庵は驚きながらも、ほっとした顔で、

「ありがたい、弟子二人の手当ではどうなるかと内心ひやひやしていたのだ」

などと告げ、弟子二人には、

「これは願ってもない勉強になる。お前たち、桂先生の手当をよく拝見するように」

ぴしりと言い、千鶴に頭を下げた。

「では……」

千鶴は一礼すると、弟子たちに手伝わせながら、傷口を縫合し、薬を付け、布で固く縛った。

弟子二人は、目を皿のようにして千鶴の手さばきを見ていたが、その表情は、思いがけず外科の処置を体験できる昂揚感《こうようかん》に染まっていた。

「順庵先生、もう大丈夫です」

千鶴が治療を終えると、流石の木戸順庵も疲れた様子で礼を述べた。

「いやいや、噂には聞いていたが、こんな見目麗《みめうるわ》しい先生に治療してもらえるとは……」

木戸順庵は満悦《まんえつ》の様子である。弟子たちも、

「大変勉強になりました。ありがとうございました」

改まった顔で頭を下げた。

「ところで順庵先生、賊に襲われるような覚えが何かあるのですか」

弟子が出してくれたお茶を一服すると、求馬が訊いた。

「いや……」

順庵は首を傾《かし》げる。

「そうですか。実はこちらの千鶴殿も数日前に危ういところだったのだ」

「なに……」

順庵は千鶴を見た。千鶴は頷くと、

「私だけではございません。他にも命を狙われております。日本橋の町医者、田中清吉先生、神田の門真章作先生、いずれも何者かによって斬り殺されました」

順庵に告げる。

「待ってくれ、何故殺されねばならないんだ」

怪訝な顔で千鶴に問い返す。

「考えられることはただひとつ、いずれも御目見得医師に推挙されている方ばかり……」

「待て待て、わしは知らぬぞ、そんな話は」

「いえ、私が調べたところによりますと、先生もそのお一人です」

順庵は首を捻った。そして言った。

「いや、わしなど推挙される筈はないわ。そんな資格はわしにはない」

順庵はそう前置きすると、この江戸で医業を行うようになるまでの経緯《いきさつ》を語ってくれた。

それによると、順庵はさる西国の寺で修行僧だった時に、寺にやってくる洗濯女と深い仲になった。

女には亭主がいて、二人の仲が発覚した時、住職はすぐさま順庵を藩内から叩き出した。

順庵の身を案じてのことではなく、監督不行《ふゆ》き届《とど》きとして自身が何らかの制裁を受けることを恐れたのだ。

順庵は、着の身着のままで出奔《しゅっぽん》し、流れ流れて江戸に住み着いた。医者になったのは、かつて寺で薬草を栽培《さいばい》し、それを藩内の生薬屋に卸《おろ》して寺の財政を支えていたからだ。

御府内で暮らすようになって二十年近く、自身に強く言い聞かせているのは『女で二度と失敗するな』ということだ。

代わりに酒を求めるようになったのだが、さてそういう訳だからと、自嘲気《じちょうぎ》味《み》に笑みを見せると、

「分かったかな、わしがそのようなお役に推挙される訳がないということを」

木戸順庵は真顔で締めくくった。

「いえ、推挙されているのは間違いございません。今日襲われたのも、その証《あかし》です」

千鶴が告げると、求馬も、

「今後、この一件が決着を見るまでは、外に出る時には注意を払った方がいい。

外で酒を飲むのも控えることだ」

半信半疑でまだ首を傾げている木戸順庵に言った。

七

「先生、じゃ、行って参ります」

お竹は風呂敷包みを抱えて座ると、昼食をとっている千鶴とお道に言った。千鶴の横では五郎政も膳に向かって夢中で箸と口を動かしている。

五郎政はやって来たのはいいが、千鶴たちが食事をしているのを見ると「近頃はろくな物を食ってねえんだ」などと言い、それならどうぞとお竹が出してくれたのだ。

「すみません、おじさまのこと、よろしくお願いします」

千鶴は箸を止めて言った。

五郎政が連日桂治療院にやって来ているために、酔楽の食事の世話などおろそかになっている。それを心配した千鶴が、今日はお竹を根岸の酔楽の元にやろうと決めたのだった。

「夕食を作ったら帰ってきます。五郎政さんの分も作っておきますからね」

お竹は言った。

「すまねえ、このところ親分には味噌汁と漬け物で我慢してもらっていたんだ。きっと喜びます。あっしが一人、ここでこんな美味しいものをいただいたなんて知ったら、どんな嫌みを言われることやら」

五郎政もほっとしたようだ。

「おじさまのお好きな、鯛のあら煮……」

千鶴がそう言うと、

「ええ、持っています。道すがら、先生のお好きな甘い物とかいろいろ買い込んで行きますから……じゃあ」

立ち上がったお竹に、

「お竹さん、親分に襲われないように気を付けて」

五郎政は笑って告げた。

「まさかね」

お竹は笑って出かけて行ったが、入れ替わるように求馬と猫八がやって来た。

「千鶴殿、思い出したのだ」

求馬は座るなり言った。

「何を思い出したんですか……」

千鶴は、膳を横に滑らせて、求馬と猫八の顔を見た。

「襲った奴のことだよ。昨日木戸順庵を襲った男、どこかで見たような気がしていたんだが、今日になって思い出した。千鶴殿も覚えていると思うが、酔楽先生の家に行った帰りに、無銭飲食で叩き出された浪人がいたな、あの男だ」

「ほんとですか……」

千鶴は、当日の光景を頭に呼び戻した。

飯屋から叩き出された浪人は、病的な咳をする痩せこけた男だった。目が異様に鋭い光を湛《たた》えていたのを、千鶴は覚えている。

千鶴は求馬の顔を見た。求馬は頷くと、

「木戸順庵を庇って立った時、あの男はほっかむりをしていて人相まで分からなかった。だが、ほっかむりの奥の目が、俺と目を合わせた時狼狽《ろうばい》したのだ。そしてすぐに身を翻《ひるが》して去って行った。あの時、何故不意に俺と斬り合うのを止めたのか深く考えもしなかったのだが、今日になって、あれは俺を見知っていた目だと思い至ったのだ。あの男は、飯屋でただ食いして放り出された男だったんだ」

きっぱりと言った。

「そういえば……」

千鶴も思い当たることがあった。

殺された門真章作の家に弔問《ちょうもん》に行った帰り、何者かに命を狙われていると覚った千鶴は、忍び寄る殺気を迎え撃つつもりで背後を振り返った。その時、千鶴を狙う殺気は確かにあったが、すぐには襲いかかってこなかった。少しのためらいを千鶴は感じていた。

そこに求馬が迎えに来てくれて千鶴は襲われずに助かったのだが、あれも不思議といえば不思議だった。

「間違いない、あの浪人だ。食っていくために、あの男は人殺しを請け負っているのかもしれぬ」

求馬の言葉に千鶴も頷く。

「するってえと、その男を雇っている者が、この一連の医者殺しの首謀者《しゅぼうしゃ》だってことですね」

五郎政が言う。

「そういうことだ。それで五郎政、お前の方は何か分かったのか?」

求馬は五郎政を見た。

「へい、千鶴先生には報告したんですが、島田祥助は御目見得医師になるのだと吹聴《ふいちょう》していて、新しい治療所を建設中ですぜ」

五郎政は苦々しい顔で言った。

「なに……すると、相当腕のいい医者なんだな」

求馬が訊く。

「いや、大店が後《うし》ろ盾《だて》です。旦那は京橋の北側常盤町《ときわちょう》にある山城屋をご存じですか？」

「呉服問屋の山城屋だな」

「へい、島田はその山城屋の娘でおたかっていう娘と一緒になるらしいんです。ですから、新築している治療所は、山城屋が金を出しているようでして……」

五郎政は島田祥助と山城屋の娘おたかが、船宿で逢瀬《おうせ》を重ねていることも実見《じっけん》していると報告した。

「あやしいな……」

話を聞いていた猫八が言う。

「猫八、お前、何が怪しいんだ？」

ふいに話に割り込まれて、五郎政が不満そうに訊いた。

「山城屋は大奥御用達《ごようたし》ですぜ……」

猫八は皆の顔を見て、

「御用達ともなれば、大奥の役人とは親しいに決まっている。また幕府のお偉い方とも懇意《こんい》な筈だ。自分の娘婿になる男を、大金を使って御目見得医師に推挙するなんざ、簡単なことだ」

顔を引き締めて言った。

千鶴は頷き、求馬と顔を見合わせた。

五郎政の報告と猫八の今の言葉は、この一連の事件に誰が関与しているのかという、ひとつの暗示だと千鶴は思った。

だがここで、猫八が意外なことを言い出した。

「先生、申し訳ねえんですが、うちの旦那は医者殺しの探索《たんさく》から外れやして……」

「何だよ、いいところまで来ているのに、投げ出すのか？」

五郎政は猫八の襟《えり》を摑んだ。

「五郎政さん」

千鶴が間に入った。

「ちぇ」

五郎政は、猫八の襟ごと突き放すと、

「だってそうじゃないですか。このままいけば、きっと下手人にたどり着く。探索も終盤だ。これからは証拠を押さえていって縄を掛ける。そこまで調べは進んでいるのに、手を引く……冗談は止めてくれ」

「あっしだって悔しいんでさ。旦那も悔しい。ですが、上からの命令なんだ」

猫八は唇を噛む。

「するとなにか、この件は放っておくってのか」

五郎政は怒って顔を背けた。すると、猫八は、

「探索は定町廻りに任されるようだが、でもあっしは引き続きやります。旦那もそう言ってくれているし、これまで通り助けて下せえ」

猫八は訴えた。

「分かった、幕閣《ばっかく》と繋《つな》がりのある山城屋が噛んでるとすれば、そういう話も出てくるだろう。町奉行所が二の足を踏むのなら、火付盗賊改方の板倉様に下手人を引き渡す、そういう手もあるのだ。今まで通り調べを詰め、命を狙われた者とし

て下手人を上げる。それを誰も咎めることはできぬ」

求馬は、きっぱりと言った。

「求馬様……」

千鶴は凛然とした求馬を頼もしく見詰めた。


隅田川沿いの桜が満開だと瓦版屋《かわらばんや》が両国橋の袂で大声を上げて読売《よみうり》を売っている。

隅田川土手に並木となって毎春咲き誇る桜の花は、徳川吉宗《とくがわよしむね》の時代に植樹されたと言われていて、老若男女《ろうにゃくなんにょ》、武士も町人も身分に関係なく、この季節を謳歌《おうか》する。

両国橋を行き交う人々も、皆この世の春を楽しんでいるように晴れやかだ。

橋の西袂の北側に見える両国稲荷の境内《けいだい》にも、今や盛りと桜の花が咲き誇っていた。

どこから飛んでやって来たのか、境内の梢《こずえ》では、うぐいすの鳴く声が聞こえている。

今日はその境内に屋台が据えられた。

やくざ者に因縁《いんねん》をつけられて大怪我をしていた巳之助が、またこの場所で田楽を売る準備をしているのだ。

巳之助は昨日、傷口の抜糸をした。

桂千鶴からは、しばらく肩口に力を入れるようなことはしないようにと言われているのだが、巳之助は長屋でじっとしてはいられなかったのだ。

春の桜の時期は、ひときわ人の往来が激しい。兄の敵も、浮かれ気分で桜狩りに出てくるかもしれないのだ。

——一刻も早く敵を討って国に帰りたい……。

毎年春を迎えるたびに念じて来たのだが、十三年もの長きに亘《わた》って敵を追っていると、呆然《ぼうぜん》として立ち尽くす時がある。目の前にいる人々と違って、俺は何をしているのかと。

自分は一人荒涼《こうりょう》とした野に迷い込んだままではないのかと。この先ここから抜け出せるのか、果たして自分に未来はあるのかと考えてしまうのだ。

とはいえ、敵を討たねば、一歩も前に進むことは出来ない。

巳之助は屋台を置き、下ごしらえをしてきた豆腐やこんにゃくなどの材料を置く。抜糸したとはいえ、まだ重たい物を手に取ると、傷口がかすかに痛む。時折傷口に手を伸ばしては労《いたわ》りながら支度にかかる巳之助なのだ。

――寺岡詫間、奴の息の根を止めるまでは……。

心が折れそうになるとお題目《だいもく》のように、その言葉を心の中に確かめて、巳之助は孤独と焦りを抑え込んでいるのだった。

巳之助は、田楽を焼く炭を熾《おこ》し始めた。なかなかうまく火が回らず、団扇《うちわ》で扇《あお》いでいた時だった。

側に人の影が現れた。見上げると、

「巳之助さん……」

お初が、たすき掛けに前垂《まえだ》れを着けて立っていた。

「これは……先日はどうも」

巳之助は心配を掛けましたと頭を下げた。するとお初は、

「元気になられて良かった……今日はお手伝いさせて下さい」

にこにこして言った。

「しかしそれは……」

「ただのお節介《せっかい》です、手間賃《てまちん》はいただきません。気になさらないで下さい」

お初の言葉に、巳之助はふっと笑った。その様子を見て、お初は言う。

「まだ傷口の糸を取ったばかりでしょ。その傷口が完全に癒やされたら、私、お手伝いを止めますからね」

　お初は笑顔で巳之助を見る。

「お初さん、しかしそれでは……」

　手放しで喜んでは受けられぬ巳之助が、しどろもどろに口に出すと、

「いいんです。巳之助さんが嫌だと言っても、私はお手伝いすると決めてきました」

　お初は巳之助の戸惑《とまど》いなどお構いなしに言い、

「私、これまで通っていたお店、辞めてきたんです。次の仕事も決まってますが、数日暇《ひま》なんです。ですからその間だけお手伝いします。少しは役に立つと思いますから、何でも言いつけて下さい」

　お初は腕を捲《まく》って力こぶを作ってみせた。

　巳之助は思わず笑った。お初もそれを見て嬉しそうに笑うと、

「そうと決まったら……じゃ、手始めにお水汲《く》んできますね」

　桶《おけ》を摑むと、

「それはあっしが……」

巳之助が手を伸ばしてきた。お初はその手をパチンと払い、

「駄目駄目、無理をしては傷口が開いてくるって千鶴先生がおっしゃっていましたよ。力仕事はお任せ下さい」

明るく答えて両国橋の袂に走って行く。

そこには河口《かこう》まで階段が作ってある。将軍様が船から上がる時に使用される階段だが、普段は皆、その階段を使って川に降りて水を汲んだり、石段の所に腰を掛けて魚を釣ったりしているのだ。

――すまぬ、お初さん……。

巳之助は、お初の後ろ姿をじっと見詰めた。

八

その頃、医者二人を殺害した痩せて目の鋭い浪人は、比丘尼橋《びくにばし》近くの北紺屋町にある小料理屋の二階で、覆面《ふくめん》をした町人と向かい合っていた。

二人の膝元には膳に料理と酒が載っている。

浪人は手酌《てじゃく》で酒を呷《あお》っているが、覆面の町人は浪人を苦々《にがにが》しい目でじっと見

詰めている。

「なんだ、その目は……」

送られてくる視線に咎めるような色を見た浪人は、不敵に笑うと言った。

「確かに失敗した。だがまだ時間はある、そうだろう……」

浪人は睨み返した。

「ですが旦那、本当に殺《や》っていただけるのでございましょうね。主もそれを心配して、こうしてお尋ねしているのです」

覆面の町人は念を押す。

「くどい！」

浪人は一喝すると、

「約束の期限までには必ずやる。木戸順庵は数日のうちに殺す。ただ、桂という女の医者は放っておいてもよいのではないか……」

さりげなく言った。

「いえ、桂千鶴という医者は強敵だと聞いています。必ず殺っていただかなくてはなりません」

覆面の町人は、強い口調で言った。

「まあ待て、よく考えてみろ。いいか……桂千鶴一人を残すのもひとつの策だ」

瘦せた浪人はそう言うと、激しく咳き込んだ。

覆面の町人は、突き放した目で、じっと瘦せた浪人を見詰めた。

瘦せた浪人は、懐から手ぬぐいを取り出すと、口にある痰《たん》を取った。

「旦那……」

大丈夫かと覆面の町人が不安そうに声を掛けた。

瘦せた浪人の手ぬぐいは、口に当てたところが赤い血に染まっている。

瘦せた浪人は苦笑を見せると、また盃に酒を注ぎ、その盃を口に流した。

瘦せた浪人が落ち着くのを待っていたように、覆面の町人が言う。

「ひとつの策などとのんきなことを言ってはおられないのです。競争相手がいればいるほど、選ばれるのは難しくなるのですから」

「いやいや、それは違うぞ……見境《みさかい》もなく全員に手を掛けて殺してみろ。残った者が疑われる、違うかな……」

瘦せた浪人は、覆面の町人をじっと見る。

「しかし」

「いいか、考えてもみろ、皆殺せば疑いはこちらにかかるのだ。女の医者一人を残したって影響はあるまい」

そう言って覆面の町人の目の色を確かめる。覆面の町人の目の色は変わらなかった。変わるどころか説得にかかった。

「いいえ、島田先生のおっしゃることには、一番の競争相手は桂千鶴かもしれないと……なにしろお城で女の医者など選ばれたことがないのですから……深川の大酒飲みの先生よりも強敵だとおっしゃっている。ですからむしろ、桂千鶴という医者の方を消してもらわねば……」

浪人は笑い出した。

「寺岡様！」

「情けない話だな。女の医者に最初から負けるというのか」

「お黙り下さい」

覆面の町人は声を荒らげて制すると、

「そもそも、無一文のあなたさまに大金をお支払いし、仕事を差し上げたのはこちらでございますぞ。この仕事がなければ、あなたさまは今頃行き倒れていたのではございませんか」

強い口調で痩せた浪人に言った。

「ふん、そんな言いぐさはないだろう。俺が引き受けなかったら、他の者にやらせている。そう言いたいのか」

痩せた浪人は皮肉った。傍若無人《ぼうじやくぶじん》に酒を飲み続ける。

なにしろ目の前の男は、一月程前に回向院前で痩せた浪人が腹を減らして座り込んでいた時に声を掛けてきたのだ。

「腕に自信はございますか？」

いきなり剣術の腕前を訊いてきた。

「俺は目録《もくろく》をもらっている、それが何か……」

痩せた浪人がそう告げると、それならいい仕事がある、やってくれないか、礼はたっぷりさせてもらう、そう言ったのだ。

痩せた浪人は、危うい仕事ではないかと男の顔色を見て察していたが、巾着には一文もない。腹も空いていた。一文無しで店に入れば、また騒動となる。餓《が》死《し》しても誰も嘆く者はいないが、せめてもう一度、うまいものを腹一杯食べたいものだ。

それに、生き延びることが出来るのなら、生き延びて、新しい人生を歩みたかった。

痩せた浪人は、男の仕事を引き受けることにしたのだった。

ところが、小判五両を痩せた浪人が受け取ると、男はいきなり人を殺してくれと言ったのだった。

訊けば斬る相手は医者ばかり。一瞬躊躇《ちゅうちょ》はしたが、一文の金もない痩せた浪人は、小判を突き返すことが出来なかったのだ。

「約束通りやっていただいた暁《あかつき》には、更に十両をお渡しします。では三日後にまた、こちらで……」

覆面の町人はそう告げると、痩せた浪人を部屋に置いて帰って行った。


半刻後、痩せた浪人は木挽橋《こびきばし》の西袂にある居酒屋に入った。

「いらっしゃいませ」

声を掛けた女は、客が痩せた浪人と知り、下駄《げた》を鳴らして近づいて来た。

「お久しぶり、どうしているのかと心配していたんですよ」

女は言って、痩せた浪人が店の隅の席に座ると、顔を覗き込んだ。

この居酒屋の酌婦《しゃくふ》で、銭を握らせれば相手もしてくれそうな女である。

痩せた浪人は数度、この店にやって来ていた。まだ少し懐に銭のある時で、女とは妙に気が合った。

「ねえ、今度来た時には、どこか美味しい物を食べさせてくれるところに連れて行ってくれない？」

女に誘われていたが、今日ここに立ち寄ったのは、女を外に連れ出して抱くためではない。島田という医者と会う約束をしているのだ。

つい先ほどまで、山城屋の番頭に殺しをせっつかれてむしゃくしゃしている。島田祥助とかいうぼんくら医者にも会いたくないが、仕方がない。

――この仕事が終わったら、江戸を払う。

山城屋からもらった金で、旅をするのもいいではないか。痩せた浪人はそう考えているのだった。

「はいお酒、で、こっちは私のおごりよ」

女は酒を運んで来ると、大根の漬け物三切れが入った小皿を置いた。

「座れ、お前も座って飲め」

痩せた浪人は言った。

「嬉しい……旦那っていい人だね」

女は近くにあった盃を取り上げると、酒を注いで呷った。

「俺がいい人……俺は鬼だ、底なしの地獄に落ちていく鬼だ」

痩せた浪人も酒を注いで呷る。

「いやですよ旦那、私の目には旦那は鬼なんかじゃない。旦那は哀しい思い出をしょっている。そうなんでしょ」

「女！」

痩せた浪人の目が異様に光った。

「旦那……」

「知ったかぶりして言うんじゃない。お前に俺の苦悩が分かってたまるか」

「旦那、何もそんなに怒らなくても……」

女はすっかり弾《はず》んだ気持ちをそがれたようだ。

「うるせえ、消えろ！」

「まったく、じゃあね、お好きなように」

女もぷいっと立って行った。

するとそこに、ふらりと島田祥助が入って来た。辺りを見回し、客の中に痩せた浪人が一人だと分かると、納得したような顔つきで近づいて行く。

その時だった。もう一人の男が店に入って来た。五郎政だった。

五郎政は、島田祥助をずっと見張っているのだった。島田祥助が痩せた浪人の前に腰を据えると、五郎政も二人の会話を聞き取れる場所に背を向けて座った。

「寺岡の旦那でございますね」

痩せた浪人の向かい側に座った島田祥助は訊いた。

「そうだ、そなたが島田先生か」

寺岡と呼ばれた痩せた浪人は、じろりと島田の顔を見た。

島田祥助は、顔を寺岡と呼んだ浪人に寄せると、

「山城屋の方からも聞いたと思うが、女の医者は必ず仕留めてもらいたい。しかるべき方たちの評判では、私より女の医者の方が勝っていると今朝聞いた。放ってはおけぬ」

寺岡は大きくため息をついた。またその話かと、内心ではうんざりしている。

「こちらの願いを叶えてくれれば、私の方からも手間賃を出す。やってくれるね」

「くどいな、先ほども山城屋からさんざん念を押されたのだ」

そう返事しながらも、寺岡はまだ迷っていた。

なにしろ桂という女の医者が覚えているかどうかは分からないが、寺岡は飯屋

で無銭飲食をした時に、桂千鶴には助けてもらった恩があった。

それはわずか飯一杯の値段のことだったが、人の目を避け、怯《おび》えて暮らして来た寺岡には、千鶴たちが掛けてくれた温情は、殺伐《さつばつ》とした暮らしの中の、たった一つの光となっていたのである。

まさかその女を、桂千鶴を狙うことになろうとは、夢にも思わなかった寺岡だ。

「いいか、命をとらなくてもいいんだ。右腕を斬り落としてくれればそれでいい。桂千鶴は内科だけでなく外科にも通じている。それが私にとっては脅威だ。外科の治療が出来ないとなれば、皆似たり寄ったり。そうなれば幕閣に通じている私の勝ちだ」

島田祥助はにやりと笑った。

「右腕でよいのだな」

寺岡の目が光った。

「そうだ、右腕だけは必ず斬り落としてほしい。どんなことがあっても、それだけはやってくれ。それを言いたくてここに来てもらったのだ」

「分かった、安心して待っておれ」

寺岡は刀に手を遣《や》って頷いた。

九

五郎政が酔楽を駕籠に乗せて桂治療院にやって来たのは、その日の八ツ前だった。

丁度千鶴とお道が、往診に出かけようと玄関に立ったところだった。

「待て待て、往診は止めろ」

酔楽は険しい顔で上がると、千鶴の手を引っ張って診察室に入った。

「おじさま、何事です」

千鶴は向かい合って座ると、酔楽をぎゅっと睨んだ。

「何を言っとるか。五郎政に報告を受けているのではなかったのか」

どかりと座って酔楽は言う。

「おじさま……」

千鶴は苦笑して言った。

「私が狙われているってことでしょ。聞きました。でも、そんなことを言っていては往診は出来ません」

「お道に頼めばいいんだ。それに、もう一人いるだろう。まもなくやって来る筈だが、お前はしばらく外には出るな。これはわしの命令だ！」

酔楽は大声を上げた。

千鶴は大きく息をつくと、

「お道っちゃんと、もう一人の人って圭之助さんのことかしら」

「そうだ、圭之助という男は大した医者だと聞いている。お前が御目見得に選ばれたら何かと忙しくなる。そうなった時には圭之助が頼りぞ。今から大いに互いに協力しあった方がよいのじゃ」

「ですが、圭之助さんには、きっと迷惑……」

「そんなことはありませんよ。千鶴さん」

玄関で音がしたと思ったら、圭之助が入って来たのだ。

「圭之助さん」

驚いて圭之助を見返す千鶴に、

「酔楽先生から使いを貰いました。私にも一役買わせて下さい」

圭之助はそう言い、酔楽の横に座ると、

「同じ医者として許せない。けっして悪い奴らの思い通りにしてはいけない。どんなことがあっても、患者さんが待っていてくれるなら、自分が足を運ぶべきだ、きっと千鶴先生はそう思っているのでしょうが、あなたのその腕が狙われていて、万が一のことがあった時、患者に何と言うのですか」

「！……」

「私はもう手術は出来なくなりました、と患者に言えますか……」

声は穏やかだが、同じ医者として発する圭之助の言葉は、千鶴の胸を打った。

「先生、圭之助先生のおっしゃる通りだと私も思います。求馬様に四六時中ついていただいているのなら心強いのですが、求馬様は大坂に参る支度でご多忙でです。それに、深川の木戸先生のところにも様子を見るために通っていらっしゃいます。用心棒でも雇えばまだ安心ですが、女二人では不安です。万が一、道中で襲われたら防ぎようがありません」

お道も言う。

「その通りだ。わしもお前が言うことを聞くまで、ここを一歩も動かんぞ。お前にもしものことがあったら、東湖になんと言い訳するのじゃ」

酔楽は顔を真っ赤にして言い、

「お竹さん、お茶！」

大声で台所に向かって声を上げた。

「今お持ちしますよ」

お竹がいそいそと人数分のお茶を運んで来た。そのお竹も配りながら言う。

「私も酔楽先生の考えに賛成です。先日求馬様がおっしゃっていましたが、辻斬りは腕の立つ男だと……千鶴先生は小太刀の免許皆伝《めんきょかいでん》ではございますが、相手は長刀《ちょうとう》、私が考えても恐ろしい……それにまさか、往診に行くのに刀を差してなんて行けませんから」

千鶴は、一呼吸置いてから頷いた。

「ご心配かけてすみません。皆さんのお気持ち、ありがたくお受けします」

一同ほっとする。するとすぐに圭之助が、

「では、お道さんと……」

そう言って立ち上がり、二人は往診に出かけて行った。

「やれやれだ……」

酔楽は膝を崩すと、

「千鶴、五郎政の話では、今度の人殺しの黒幕は、どうやら山城屋らしいな」

険しい顔で言った。

「はい、そのようです。山城屋さんの娘さんが島田祥助と夫婦になるらしく、婿になる島田祥助に御目見得の箔をつけてやりたい、そういうことだろうと聞いています」

千鶴は言った。

「どうしようもねえ娘ですよ。あっしが見張りにつきだしてからも、島田と船宿で逢瀬を重ねている。あの娘はあばずれです。山城屋は内儀を病で亡くして五年、勝ち気で難しい娘を腫《は》れ物《もの》に触るように育ててしまった。今度のことも、きっと娘に泣きつかれてのことに違いねえ」

五郎政は言い、苦い顔をした。

「おじさま、今度のことですが、町奉行所も探索に待ったを掛けた気配があります。山城屋は千代田城に出入りする御用達、誰かは分かりませんが、大きな力でもってうやむやにしようとしている節《ふし》があるのです」

「うむ……分かっておる」

酔楽はお茶を飲み干すと、湯飲み茶碗を下に置いた。

「だからこそ私は、自分がおとりになって殺人鬼を捕まえ、その口からすべてを吐き出させよう、それによって事件の黒幕をあぶり出せる、小伝馬町に送ることができると考えていたのです」

「その通りだ。命を預かる医者の選考に不正があってはならぬ。二人の医者を殺した下手人は捕らえねばならぬ。手はずが整ったら、千鶴、お前にも手伝ってもらわねばな」

　力強い声で言った。

　巳之助の屋台をお初が手伝うようになって五日、日に日に屋台は繁盛《はんじょう》していた。

　炭を熾した網の上で、巳之助が味噌だれをたっぷり付けた豆腐やこんにゃくを焼き始めると、芳《こう》ばしい香りが辺りに流れていく。

　するとお初が呼び込みを始めるのだ。

「いらっしゃいませ、いらっしゃいませ、甘辛い味噌だれをたっぷり付けた田楽食べてみませんか！　熱燗《あつかん》に合いますよ、熱々《あつあつ》の田楽に、京の名物七味唐辛子《しちみとうがらし》を振りかけて食べてみて下さい。粉山椒を振りかけても美味しいですよ、蕗味噌もございます」

するると、通りかかった人々が、どれどれ、というように屋台を覗いてくれるのだ。

覗いてくれたらこっちのもの、そう言わんばかりに、

「どうぞ、お味見して下さい」

などと笑顔で言って、細かく切ってあった田楽に楊枝《ようじ》を刺してお客に差し出す。

「えっ、食べていいのかい？」

皆、驚いて聞いてくる。

「どうぞどうぞ、お気に召したら、お買い求め下さい。こちらで食べていただいてもよし、持って帰っていただいてもよし……」

そう言って食べてもらうと、たいていの男は「うめえな、ここで食って帰るか」ということになるし、女たちは「美味しい、今夜のおかずにしよう」なんて言って、何本も買ってくれる。

「お初さんが手伝ってくれるようになって、毎日仕込む材料の本数が増えている」

自分にはとてもお初のような呼び込みは出来ないと、巳之助も笑みを漏らす。

お客の中には、

「おや、おかみさんをもらったんだね。こいつは縁起がいいや、いっそ、大吉《だいきち》田楽って屋台にすればいいんじゃねえか」

などと言って二人をからかう者もいた。

そのたびにお初はひやりとして、

「私はただのお手伝いなんですよ。からかわないで下さい」

笑って返すのだが、お客が言うように巳之助さんのおかみさんだったら、どんなに幸せだろうと思うのだ。

巳之助もそんな時は笑ってごまかしているのだが、自分は人並みの幸せを送れる人間ではないことは分かっている。

「お初さん、すまないがしばらくここを頼む」

巳之助が突然険しい顔をしたと思ったら、両国橋に走って行った。

――どうしたのかしら……。

お初は不安になった。

千鶴からお初は、巳之助は敵を追って江戸にやって来た侍だと聞いている。

だから巳之助の頭の中は敵を討つことで一杯で、他のことは考えられないのだとも千鶴は教えてくれた。

お初は、そんなことはこれっぽっちも知らないという顔で屋台を手伝っているのだが、巳之助が抱えている事情を知ったことで、むしろ心は救われている。

せめてここで手伝えることに、お初は喜びを感じているのだった。

――それも今日まで……。

巳之助の肩口の傷も癒え、重い物も持ち上げることが出来るようになっているし、新たに見つけた奉公先の小料理屋からも、明日には来て欲しいと連絡があったのだ。

「あっ……」

一陣の風が吹いたと思ったら、田楽を皿に盛っていたお初の肩や手元に、はらはらと両国稲荷の桜の花弁が飛んできて留まった。

お初はそれを指で摘まんだ。まだ花弁は水分を含んでおり、しっとりとしていて耳たぶに触ったような感覚だ。

お初は、振り返って境内の桜の木を見上げた。

桜は満開だった。美しい薄桃色《うすももいろ》の花が空を覆うように咲いている。

風がまた吹いた。数片の花弁が、お初の方に飛んでくる。

お初は受け止めようとして手を広げた。その時だった。巳之助が走って戻って来た。

「すまなかった」

巳之助はそれだけ言うと、屋台の前に立った。険しい顔で立っている。お初は笑みを湛えて、

「巳之助さん、先ほどの風で桜の花が、ほら……」

掌に置いた花弁を見せた。

「ほう……」

巳之助の顔がほころんで背後を振り向いた。お初も振り向いて桜の木を見上げて言った。

「今年は毎日お花見が出来ました。ほんと、じっと見ていると吸い込まれそう……」

すると巳之助も、

「私もこんなに美しい桜を見たのは久しぶりだ」

そう言ってお初に微笑んだ。

お初はほっとして、今度は改まった顔で言った。

「すみません、私、お手伝いは今日までです。明日から小料理屋さんに行かなければなりません」

巳之助の顔は、あっとなった。だがすぐに、

「いや、本当に助かりました、ありがとう。お初さんが手伝いに来てくれて、私も幸せとはこういうものかと思いました。また立ち寄って下さい、お腹いっぱい田楽を食べてもらいます」

「はい、ごちそうになります」

お初は明るく言った。

だがその目に、涙があふれそうになる。

そっと目頭《めがしら》を押さえたその時、向こうからお道とやって来る千鶴の姿が目に留まった。

「先生！」

お初は手を振った。

「わあ、美味しそう」

やって来たお道は、早速田楽に手を伸ばす。

千鶴はそんなお道に笑って視線を送ると、今度は巳之助に傷の具合を訊いた。

「お陰様で、この通りです」

巳之助が腕を上下に動かして礼を述べると、

「もう大丈夫ですね、随分繁盛していると評判ですよ」

巳之助とお初の顔を見て言った。

「お初さんのお陰です。どうぞ召し上がって行って下さい」

巳之助は笑顔で勧める。

「そうですね、お道っちゃん、いくつ食べたい……」

側で田楽をほおばっているお道に訊いた。

「今日の夕食ね、一本ずつじゃあ足りないです、だって五郎政さんたちも食べるでしょうから、先生、二十本！」

「嬉しい、ありがとうございます」

お初がすぐに返事をよこす。

巳之助は早速竹皮《たけかわ》を取り出して、豆腐とこんにゃくを十本ずつ包んでいく。

「へえ、ずいぶん手慣れたものじゃない」

お道が感心して網の上の田楽に更に手を伸ばしたその時、

「あっ！」

お道は大声を上げた。

あんぐりと口を開けて見た視線の先に、手ぬぐいを被り、血走った光る目でこちらを睨み付けながら走って来る浪人を見たからだ。

「先生、危ない！」

お道が叫んだ時には、浪人は抜刀《ばっとう》しながらこちらに向かっていた。抜いた刀を右肩に立てるように持ち、走って来る。

千鶴は振り向くと同時に、腰の小刀《しょうとう》を引き抜いた。

外出するならせめて小刀を持参しろという酔楽の意を受けて、このところ携帯していたのだ。

しかし迎え撃つ体勢を整える間もなく、浪人の刃が千鶴の頭上に落ちてきた。

硬い金属の音がした。浪人の長刀の刃と千鶴の小刀の刃が激しく打ち合った音だった。

二人とも後ろに飛び退《の》いた。そして両足を広げて構える。千鶴は剣を肩口にぐっと引いて構えた。浪人は上段に構えている。

「あなたは、飯屋で会った人ですね。私を覚えていませんか」

刀を構えたまま千鶴は言った。

あれから一月あまり、あの時尾羽《おは》うち枯らした病身の男は、今は顔にも首にも艶《つや》があるのを千鶴は見た。

今は食事を心配することもない暮らしをしているのだと察した。

「ふん、昨日のことも忘れている。お前など覚えがない」

じりっと足を進めて来る。

「何故私を狙う。あなたは何をしているのか分かっていますか……」

千鶴は問いかけながら、履いていた草履《ぞうり》を脱いで後ろに蹴った。

浪人は返事をしなかった。

見物人が次第に二人の周りに集まって来る。

屋台の側では、巳之助とお初とお道が、はらはらしながら見詰めている。

千鶴と浪人は睨み合う。瞬きひとつでも隙を見せれば襲われる。小刀を構えた千鶴は、相手の剣の血を呼ぶような不気味さに身震いした。

「俺はお前の命まで狙うとは言ってはおらぬ。その右腕を貰って行く……」

――先生……。

屋台の側で見ているお道は気が気ではない。背後に走って境内の中に転がっている長い枝を握った。

二度三度振ってみるが自信はない。その時だった、

「きぇー!」

千鶴めがけて浪人が突っ込んで来た。

「先生!!」

思わず叫んだお道の視線の先で、千鶴は果敢《かかん》に打ち合い、背後に飛び退くその一瞬、浪人の手ぬぐいがはらりと落ちた。

「!……」

やはりあの飯屋で助けてやった男ではないか。

怒りが一気に湧いてきたその時、浪人が突っ込んで来た。

千鶴はこれを声を上げて打ち払った。

——だが、次は分からぬ。

浪人の剣のすさまじさに、千鶴は圧倒されていた。

相手は男だ。打ち合いが長引けば、こちらが不利だ。

正眼《せいがん》に構えながら、千鶴はつま先で地面を確かめるように移動していく。

浪人の剣は邪剣とみた。しかも鋭い。腕は自分より上かもしれない。俄《にわか》に恐れ

を抱いたその時、浪人は風のように走って来た。

千鶴がその風を躱そうとした刹那、横手から何者かが走って来て、浪人の腕を斬り落とした。

「うわ！」

浪人は叫んだ。同時に刀を持った手が空高く飛んだ。

「巳之助さん……」

千鶴は、血塗《ちまみ》れの刀を手にして、うずくまった浪人を睨む巳之助を見て驚いた。

「寺岡詫間、ようやく会えたな。兄の敵、立て！」

巳之助は叫んでいた。

「敵……」

千鶴は驚いて巳之助を見た。

巳之助は刀の切っ先を浪人に向けたまま、

「探していた兄の敵です。こんなところで会おうとは、兄が導いてくれたのかもしれぬ」

「……」

寺岡と呼ばれた浪人は、手首を押さえて顔を歪めている。

「寺岡！」

もう一度巳之助が叫んだ時、

「斬るなら斬れ、どうせ病んだ体だ、長くは生きられぬ」

寺岡はくるりと体を廻して、巳之助に背を向けて言った。

「ただし、お前には言っておきたいことがある。お前の兄貴は、俺が百姓どもから袖の下をもらって年貢の高をごまかしてやっている、その証拠もあるのだと同僚たちの前で言ったのだ。百姓どもから袖の下をもらっていたのは俺だけではなかったのに、俺だけに罪を着せようとしたのだ。百姓どもとのつきあいは、そういうこともあっておさまるのだ。清濁併せ呑《せいだくあわせの》むという言葉があるだろう。それをお前の兄に言ったら烈火《れっか》のごとく怒って俺を侮辱《ぶじょく》した……だから下城を待って謝らそうとしたのだが、鼻であしらわれた。それで斬ったのだ」

「くっ……」

巳之助の刀を持つ手が震える。

「殺《や》れ、俺はもう力尽きた。一膳の飯も食えぬ浮浪の身となり、食うために人殺しを引き受けた。医者二人を殺した。そして、桂千鶴殿の腕を斬り落とせと命じられたのだ。お前は俺を殺して国に帰るのだ」

寺岡詫間はそう言うと、静かに目を閉じた。

巳之助は呆然と立ち尽くす。巳之助にも、こうして敵を求めて暮らすことの疑念があったのだ。

「何をしている……」

逡巡《しゅんじゅん》している巳之助に、寺岡詫間はそう言うと、

「ええい……」

左手で腰の小刀を引き抜くや、いきなり腹に突き立てた。

「か、介錯《かいしゃく》を……」

苦しむ寺岡を睨んでいた巳之助は、静かに寺岡詫間の前に回った。そして寺岡の顔をきっと睨むと、寺岡が苦しみの顔を上げたその瞬間を狙って刀を振り下ろした。

寺岡の額が割れた。寺岡は小さな声を発したが、腹に突き立てた刀を握ったまま、前のめりに倒れて息を引き取った。

巳之助は、多くの人が行き来する場所のことを考えて寺岡を討ったのだ。首を落とすのではなく、寺岡が苦しまず、しかも出血が少ないように考えたのだっ

た。

「巳之助さん、本懐《ほんかい》を遂《と》げられましたね」

千鶴が言った。お初とお道も走り寄って来る。

「ありがとうございます。しかしまさか、こんな所で出会うとは……」

巳之助は寺岡詫間の遺体を見詰めていたが、

「番屋に届けてきます」

緊張した顔で千鶴に告げると、米沢町の番屋に走って行った。

十

田楽屋台の巳之助の名は、西尾巳之助といい、松井藩三万石の藩士で兄の仇討ちのために国を出ていたことが証明されたのは、翌日のことだった。

大番屋に引き留められていた巳之助は、正式に藩から仇討ちの本懐を遂げたとして、西尾の家を継ぎ、国元に帰ることになった。

巳之助はいったん江戸の上《かみ》屋敷に引き取られると、そこで家老から国元に帰って西尾の家を継ぐように命じられた。

巳之助はそれを受けるとすぐに、藍色の江戸小紋に同布の羽織、焦茶色《こげちゃいろ》の袴を着けて、千鶴にお礼と別れの挨拶にやって来た。

「千鶴殿のお陰です。求馬様や酔楽先生など皆様ひとりひとりに挨拶をしなければなりませんが、なにしろ出立《しゅったつ》は明日、改めて文にてお礼を申します。どうぞ千鶴殿からもよしなにお伝え下さいませ」

きりりとした侍姿の巳之助は言った。

「まるで別人を見るようです。でも、田楽を焼いている巳之助さんも素敵でした」

お道が言って、くすりと笑う。

「いやあ、実を言うと、長い間、このように改まった衣服を着けたことがありません。どことなく着心地が……」

両手を広げてまじまじと自分の姿を見るのだが、そんな姿はまだ、あの屋台の巳之助だ。

「おめでとうございます。またこちらに参勤《さんきん》などで出ていらした時には、お立ち寄り下さいませ。味噌田楽などごちそうしたいと存じます」

千鶴が真面目な顔で言ったものだから、お道も巳之助も、お茶を盆に載せて出て来たお竹も、皆、声を上げて笑った。

「ところで、お初さんは、このことをご存じですか」

千鶴が訊く。

「いえ、会って国に帰りたいのですが、お初さんの長屋を知らないのです。ひょっとして先生がご存じではないかと思って……」

「知っています。お教えしますから、是非会ってお帰り下さい」

「あの、お手数をおかけしますが、案内していただけないでしょうか、是非……」

巳之助は真顔で言った。

その表情を見て、千鶴は頷いた。

半刻後、千鶴は巳之助を米沢町のお初の長屋に案内した。

お初は小料理屋に勤めると言っていたから留守かと思ったが、おとないを入れるとお初の声がした。

すぐに戸が開いて、お初が顔を見せた。

「あっ」

お初は千鶴と一緒にいる侍姿の巳之助を見て驚いたようだった。だがすぐに、

本懐を遂げ、お家再興がかなったことを察知したらしく、

「おめでとうございます」

お初は言った。だが千鶴の目には、心なしか寂しそうに見える。

「少し話があるのだが、いいかね」

巳之助は、部屋の中を覗き込むようにして言う。

「どうぞ、お茶を淹れます、お入り下さい」

お初は家の中に招き入れる。

「巳之助さん、じゃあ私はこれで……」

引き返そうとする千鶴に、

「千鶴殿、一緒にいていただきたい」

巳之助は真剣な目で頷いた。

千鶴は巳之助と部屋に上がった。

巳之助はお初がお茶を出してくれて座るのを待って、国元に帰ることになったと告げた。

お初は膝を揃えて、うつむいて聞いていたが、

「本当によかったこと……私、巳之助さんにはよい思い出をいただきました。桜

咲く境内で田楽を売ったこと、忘れません」

熱い目で巳之助に告げた。

「私も同じ気持ちです。お初さん、突然このようなことを言っては驚くのではと思ったのですが、時間がありません」

巳之助はそう前置きすると、

「私と国元に行ってくれませんか」

じっとお初を見た。

「えっ、私が一緒に……」

「そうです、お初さんを妻に迎えたい」

巳之助の声は真剣そのものだった。

千鶴も驚いて二人を見守っている。

「ありがとうございます。でも私、巳之助さんの妻になれるような女ではありません」

お初は言った。

「何故です。町人だからというのなら、ちゃんと手続きをすればいい。なんの問題もない」

巳之助はじれったそうに膝を進める。

「いえ、そのことではありません……」

お初はうつむいて哀しげな表情で逡巡していたようだったが、まもなく顔を上げると、

「こちらにいらっしゃる千鶴先生がよくご存じですが、私、ついこの間まで、ある店で春を売っていたのです。おっかさんの薬代を稼ぐために、春を……」

お初の双眸《そうぼう》から涙があふれ出る。

「お初さん……」

千鶴が膝を寄せて、お初の背中を撫でてやる。

「先生……」

お初は千鶴の膝にしがみつくようにして泣き崩れたが、やがて顔を上げて、

「でも、お店の帰りに、巳之助さんの田楽を食べると心が安らぎました……そうしているうちに、巳之助さんにも何か哀しい事情があるのかしらと感じるようになってお慕いするようになったのです。でも、千鶴先生から巳之助さんのご身分をお聞きして、敵を探していることも知って、私、心に決めたんです。私がお慕いできる人ではない、だから屋台を手伝わせていただいて、それを思い出に生き

ていこうって」

「お初さん……」

巳之助はいとおしげな目でお初を見ると、

「私もお初さんに惹《ひ》かれていました。ですが自分の身の上を考えると、気持ちを打ち明けることが出来なかった。でももう、事は解決したのです。私と一緒に国に帰ってくれませんか」

必死で伝える。

「でも……」

「昔のことはいい、私は気にしない……千鶴先生に同道を願ったのも、二人の証人になっていただきたかったのです」

そうお初に告げると、巳之助は千鶴を見て頭を下げた。

「分かりました。お初さん、お初さんはおっかさんのために苦労をしてきたのです。親孝行のためだったんです。この世の中、お金がなくては何も前には進みません。お初さんの苦労を誰が責めることが出来るでしょうか。どうか、巳之助さんと一緒になって幸せを摑んで下さい」

千鶴は、お初の手を握って言った。

隅田川土手に並木を作る桜は満開を過ぎて、ちらりほらりと花弁が舞い始めている。強い風でも吹いたら、一気に桜吹雪《さくらふぶき》になるのではないかと、桜狩りにやって来た人たちはひやひやしている。

巳之助とお初を昨日見送った千鶴は、今日はまもなく江戸を出発する菊池求馬の壮行会と銘《めい》打《う》って、治療院も特別に休みとし、酔楽と五郎政、桂治療院の女三人、亀之助と猫八、それに清治、加えて圭之助と母のおたよ、総勢十一名で賑やかに繰り出して来たのである。

重箱の料理は、最初料理屋からとろうと思っていたのだが、

「そんな、もったいない、もったいない、お金ばっかりとられて、ろくなもんないんと違います？……あたしが作ってあげますよって、美味しいのよ、あたしの料理」

例のごとくおたよがしゃしゃり出てきて、それならと大騒ぎをして重箱に十一人分の料理を詰めたのが、お竹だったのだ。

結局おたよは、口ばっかりが先に立ち、お竹から言わせると、

「ほんと、おたよさんは簡単なものしか作れないんですから……ここだけの話、

私が作ったた物をひとつひとつ摘まんで、味の吟味……あれじゃあ圭之助さんにお嫁さんなんて無理無理」

千鶴は笑った。

ともあれ、全員が隅田川堤に集い、求馬の無事と更なる出世を願って盃を掲げた。

「求馬様、大坂のことやったら、あたしに聞いて頂戴、なんでも教えてあげるから」

おたよは、どこに行っても幅をきかす。

求馬は求馬で、亀之助と猫八、それに清治に、千鶴が何かやっかいなことに巻き込まれた時にはよろしくと頼み、圭之助にも千鶴への協力を頼み、と忙しい。

なにより求馬が今日驚いたのは、治療院の三人が、綺麗に着飾っていることだった。

お竹は春らしい肌色の地に小さな花を裾に散らした着物を着ているし、お道は淡い桃色の地に水辺で鳥が戯《たわむ》れている着物だ。

そして千鶴は、薄い春らしい紫に、これも裾にかきつばたの花をあしらっている。

「求馬様、いかがですか。この着物、お道っちゃんのご実家で作って下さったんですよ。みんな今日が着始め……」

お竹が袖を広げてみせれば、お道も千鶴も袖を広げたものだから、やんやの喝采《かっさい》となった。

その時だった。風が土手の並木を襲って来た。

「わあっ」

という声があちらこちらから聞こえて来た。

桜吹雪だった。まるで雪でも降ってくるように、桜の花弁が舞いながら落ちてくる。

「わあ、綺麗！」

感歎《かんたん》の声がそこかしこで上がる。

「……」

千鶴も、目も心も奪われて、花弁の散る様子を見詰める。

花弁は桜狩りの者たちの頭上に散り、野に散り、そして隅田川に飛んでいく。

川の岸にはもう花筏《はないかだ》が出来ていた。

美しかった。でも切なさで胸が覆われていく。桜の花弁に魅入《みい》られていた千鶴の袖が引っぱられた。顔を向けると、側に求馬が立っていた。

「求馬様……」

求馬は、舞い散る花弁を見詰めて言った。

「大坂から帰ってきてから伝えようと思っていたが、今ここで伝えたい。千鶴殿、俺が大坂から帰ってくるまで、誰とも結婚はしないでもらいたい」

千鶴は、はっとして求馬の顔を見上げた。

「俺は、千鶴殿を妻にしたい」

求馬はきっぱりと言った。

この作品は双葉文庫のために書き下ろされました。

双葉文庫

ふ-14-12

藍染袴お匙帖《あいぞめばかまさじちょう》

藁一本《わらいっぽん》

2019年3月17日　第1刷発行

【著者】
藤原緋沙子《ふじわらひさこ》

【発行者】
箕浦克史

【発行所】
株式会社双葉社
〒162-8540 東京都新宿区東五軒町3番28号
［電話］03-5261-4818(営業)　03-5261-4833(編集)
www.futabasha.co.jp
（双葉社の書籍・コミックが買えます）

【印刷所】
株式会社亨有堂印刷所

【製本所】
株式会社若林製本工場

【表紙・扉絵】南伸坊
【フォーマット・デザイン】日下潤一
【フォーマットデジタル印字】飯塚隆士

落丁・乱丁の場合は送料双葉社負担でお取り替えいたします。
「製作部」宛にお送りください。
ただし、古書店で購入したものについてはお取り替えできません。
［電話］03-5261-4822(製作部)

ISBN978-4-575-66935-0 C0193
Printed in Japan

藤原緋沙子　著作リスト

	作品名	シリーズ名	発行年月	出版社	備考
1	雁の宿	隅田川御用帳	平成十四年十一月	廣済堂出版	
2	花の闇	隅田川御用帳	平成十五年　二月	廣済堂出版	
3	螢籠	隅田川御用帳	平成十五年　四月	廣済堂出版	
4	宵しぐれ	隅田川御用帳	平成十五年　六月	廣済堂出版	
5	おぼろ舟	隅田川御用帳	平成十五年　八月	廣済堂出版	
6	冬桜	隅田川御用帳	平成十五年十一月	廣済堂出版	

藤原緋沙子　著作リスト

7	春雷	隅田川御用帳	平成十六年　一月	廣済堂出版	
8	花鳥		平成十六年　四月	廣済堂出版	四六判上製
9	恋椿	橋廻り同心・平七郎控	平成十六年　六月	祥伝社	
10	夏の霧	隅田川御用帳	平成十六年　七月	廣済堂出版	
11	火の華	橋廻り同心・平七郎控	平成十六年　十月	祥伝社	
12	紅椿	隅田川御用帳	平成十六年十二月	廣済堂出版	
13	雪舞い	橋廻り同心・平七郎控	平成十六年十二月	祥伝社	
14	風光る	藍染袴お匙帖	平成十七年　二月	双葉社	

15	夕《ゆ》立《だ》ち	橋廻り同心・平七郎控	平成十七年　四月	祥伝社	
16	風蘭	隅田川御用帳	平成十七年　六月	廣済堂出版	
17	遠花火	見届け人秋月伊織事件帖	平成十七年　七月	講談社	
18	雁渡し	藍染袴お匙帖	平成十七年　八月	双葉社	
19	花鳥		平成十七年　九月	学研	文庫化
20	照り柿	浄瑠璃長屋春秋記	平成十七年　十月	徳間書店	
21	冬萌え	橋廻り同心・平七郎控	平成十七年　十月	祥伝社	
22	雪見船	隅田川御用帳	平成十七年十二月	廣済堂出版	

藤原緋沙子　著作リスト

23	24	25	26	27	28	29	30
春《はる》疾風《はやて》	父子雲	夢の浮き橋	潮騒	白い霧	鹿鳴《はぎ》の声	紅い雪	暖《ぬくめ》鳥《どり》
見届け人秋月伊織事件帖	藍染袴お匙帖	橋廻り同心・平七郎控	浄瑠璃長屋春秋記	渡り用人片桐弦一郎控	隅田川御用帳	藍染袴お匙帖	見届け人秋月伊織事件帖
平成十八年　三月	平成十八年　四月	平成十八年　四月	平成十八年　七月	平成十八年　八月	平成十八年　九月	平成十八年十一月	平成十八年十二月
講談社	双葉社	祥伝社	徳間書店	光文社	廣済堂出版	双葉社	講談社

31	桜雨	渡り用人片桐弦一郎控	平成十九年　二月	光文社	
32	蚊遣り火	橋廻り同心・平七郎控	平成十九年　九月	祥伝社	
33	さくら道	隅田川御用帳	平成二十年　三月	廣済堂出版	
34	紅梅	浄瑠璃長屋春秋記	平成二十年　四月	徳間書店	
35	漁り火	藍染袴お匙帖	平成二十年　七月	双葉社	
36	霧の路《みち》	見届け人秋月伊織事件帖	平成二十一年二月	講談社	
37	梅灯り	橋廻り同心・平七郎控	平成二十一年四月	祥伝社	
38	麦湯の女	橋廻り同心・平七郎控	平成二十一年七月	祥伝社	

39	密命	渡り用人片桐弦一郎控	平成二十二年一月	光文社	
40	日の名残り	隅田川御用帳	平成二十二年二月	廣済堂出版	
41	恋指南	藍染袴お匙帖	平成二十二年六月	双葉社	
42	桜紅葉	藍染袴お匙帖	平成二十二年八月	双葉社	
43	雪燈	浄瑠璃長屋春秋記	平成二十二年十一月	徳間書店	
44	坂ものがたり		平成二十二年十一月	新潮社	四六判上製
45	月の雫	藍染袴お匙帖	平成二十二年十二月	双葉社	
46	ふたり静	切り絵図屋清七	平成二十三年六月	文藝春秋	

47	鳴《なる》子《こ》守《もり》	見届け人秋月伊織事件帖	平成二十三年九月	講談社	
48	紅染の雨	切り絵図屋清七	平成二十三年十月	文藝春秋	
49	残り鷺《さぎ》	橋廻り同心・平七郎控	平成二十四年二月	祥伝社	
50	鳴き砂	隅田川御用帳	平成二十四年四月	廣済堂出版	
51	すみだ川	渡り用人片桐弦一郎控	平成二十四年六月	光文社	
52	貝紅	藍染袴お匙帖	平成二十四年九月	双葉社	
53	月凍てる	人情江戸彩時記	平成二十四年十月	新潮社	
54	飛び梅	切り絵図屋清七	平成二十五年二月	文藝春秋	

55	百年桜		平成二十五年三月	新潮社	四六判上製
56	夏ほたる	見届け人秋月伊織事件帖	平成二十五年七月	講談社	
57	夏しぐれ		平成二十五年七月	角川書店	時代小説アンソロジー
58	風草の道	橋廻り同心・平七郎控	平成二十五年九月	祥伝社	
59	花野	隅田川御用帳	平成二十五年十二月	廣済堂出版	
60	つばめ飛ぶ	渡り用人片桐弦一郎控	平成二十六年七月	光文社	
61	照り柿	浄瑠璃長屋春秋記	平成二十六年九月	徳間書店	新装版
62	潮騒	浄瑠璃長屋春秋記	平成二十六年十月	徳間書店	新装版

63	秋びより		平成二十六年十月	KADOKAWA	時代小説アンソロジー
64	紅梅	浄瑠璃長屋春秋記	平成二十六年十一月	徳間書店	新装版
65	雪《ゆき》婆《ばんば》	藍染袴お匙帖	平成二十六年十一月	双葉社	
66	雪燈	浄瑠璃長屋春秋記	平成二十六年十二月	徳間書店	新装版
67	栗めし	切り絵図屋清七	平成二十七年二月	文藝春秋	
68	百年桜	人情江戸彩時記	平成二十七年十月	新潮社	
69	番神の梅		平成二十七年十月	徳間書店	四六判上製
70	花鳥		平成二十七年十一月	文藝春秋	文藝春秋版

71	笛吹川	見届け人秋月伊織事件帖	平成二十八年三月	講談社	
72	春はやて		平成二十八年三月	KADOKAWA	時代小説アンソロジー
73	哀歌の雨		平成二十八年四月	祥伝社	時代小説アンソロジー
74	雪の果て	人情江戸彩時記	平成二十八年五月	新潮社	
75	雁の宿	隅田川御用帳一	平成二十八年六月	光文社	光文社版
76	花の闇	隅田川御用帳二	平成二十八年六月	光文社	光文社版
77	螢籠	隅田川御用帳三	平成二十八年七月	光文社	光文社版
78	宵しぐれ	隅田川御用帳四	平成二十八年八月	光文社	光文社版

79	おぼろ舟	隅田川御用帳五	平成二十八年九月	光文社	光文社版
80	冬桜	隅田川御用帳六	平成二十八年十月	光文社	光文社版
81	春雷	隅田川御用帳七	平成二十八年十一月	光文社	光文社版
82	夏の霧	隅田川御用帳八	平成二十八年十二月	光文社	光文社版
83	冬の野	橋廻り同心・平七郎控	平成二十八年十二月	祥伝社	
84	紅椿	隅田川御用帳九	平成二十九年一月	光文社	光文社版
85	風蘭	隅田川御用帳十	平成二十九年二月	光文社	光文社版
86	あま酒	藍染袴お匙帖	平成二十九年二月	双葉社	

87	雪見船	隅田川御用帳十一	平成二十九年三月	光文社	光文社版
88	鹿《は》鳴《ぎ》の声	隅田川御用帳十二	平成二十九年四月	光文社	光文社版
89	さくら道	隅田川御用帳十三	平成二十九年五月	光文社	光文社版
90	日の名残り	隅田川御用帳十四	平成二十九年六月	光文社	光文社版
91	鳴き砂	隅田川御用帳十五	平成二十九年七月	光文社	光文社版
92	花野	隅田川御用帳十六	平成二十九年八月	光文社	光文社版
93	寒梅	隅田川御用帳十七	平成二十九年九月	光文社	光文社版
94	茶筅の旗		平成二十九年九月	新潮社	四六判上製

95	細雨	秘め事おたつ	平成二十九年十月	幻冬舎	
96	番神の梅		平成三十年　三月	徳間書店	文庫化
97	雪晴れ	切り絵図屋清七	平成三十年　四月	文藝春秋	
98	青嵐	見届け人秋月伊織事件帖	平成三十年　五月	講談社	
99	秋の蟬	隅田川御用帳十八	平成三十年　九月	光文社	光文社版
100	恋の櫛	人情江戸彩時記	平成三十年　九月	新潮社	
101	初霜	橋廻り同心・平七郎控	平成三十年　十月	祥伝社	
102	撫子が斬る		平成三十年十二月	KADOKAWA	時代小説アンソロジー

103	藁一本	藍染袴お匙帖	平成三十一年三月	双葉社